Blind Love
and Friendship
Mizuki Tsujimura

盲目的愛戀與友情

辻村深月

王靖惠／譯

目次

盲目的愛戀與友情

愛戀

在那無比幸福的一天，我心想，若是哪天他死了，我絕對也活不下去。從那天到現在也已經過了六年，他已離開人世，而我，卻還活著。

我還活著，身穿無法為他披上的純白婚紗，等待另一個他，為我掀起頭紗，完成誓言之吻。

如此的大喜之日，即使是平時口無遮攔的朋友，也絕對不會提起他的名字。因為，在這個時候提起我的前男友，對現在我身旁的他是多麼地失禮，更會毀了今天這個大好日子。

但是，我卻在等著。我期待，坐在小禮拜堂椅子上的她們，頂著精心打扮的華麗髮型、穿著露出白皙香肩的洋裝，彼此交頭接耳，帶著一臉笑意竊竊私語。

「幸好結婚對象不是茂實。」

「還好他們分手了。」

若是他還活著，也不會有今天。

「……我願意。」我聽見身旁沙啞的聲音，轉過頭去，只見他像個小女孩似地，眼神緊張閃爍。看到這一幕的瞬間，我只覺得真是太可愛了。我感到愛戀，覺得自己喜歡這個人。

不過，這是宛如春天的平靜海洋，總是像沐浴在陽光下、受到眾人祝福，不帶一絲罪惡感的愛情。

相較於當時每天風波不斷，白晝也宛如黑夜的激烈心情，如今則是截然不同。

那與平穩的愛情，根本不能相提並論。

而那時，我深陷於愛戀之中。

◆

茂實星近，他同時帶給了我，天堂與地獄。

星星的距離很近，寫做「星近」。

上一屆的學姐總是偷偷在我背後訕笑、竊竊私語，說那是個有才能的人才有資格取的名字。那些連練習都偷懶，只要聚在一起就開始竊竊私語的學姐，雖然不停在嘲笑，但從她們的耳語，就足以感受到她們十分在意這個人，甚至希望能夠跟他交往。

不是想跟他上床。

而是交往。

原因就在於，他是樂團的指揮。

她們並不是看上他的男性魅力，而是想要向大家炫耀，自己是被他萬中選一的那個人……她們的心機，如同熱氣般熊熊冒出，彷彿用肉眼就能看見。

蓋在高原上的集訓宿舍，那年夏天，是我們第一次相遇。

在那之前，只聽說管弦樂的指揮很特別，而我直到那時才第一次見到他。

往年，他都是在夏季集訓之前就開始指揮，但這一年茂實很忙，所以直到集訓時才開始陪著大家練習。

他背對著乾燥灰白牆壁的站姿，至今我仍記得一清二楚。

「今年也來到了這個季節，我感到很開心。」他在大家面前說。

「也來到……。」對於他準備好用詞的說話方式，在我身後又傳來竊笑聲。有個屬於第二小提琴的人，還用手指敲了下樂器，發出了聲響。

茂實瞬間看了過去，接著又馬上回到原先的樣子，目光沒有望向任何人，只是看著正前方。

「請各位多多指教。」他微微地低下頭。

只要回想起這一天，我就能感受到耳後的輕風吹拂，還有因刺眼的橘色燈光而睜不開的雙眼。

細長的眼、好比有人刻畫出來的高挺鼻梁、細長的手腳、纖細手指上突出的指節、舉起手的瞬間，蒼白臉頰上突然出現的凹陷陰影，這一切，都讓我覺得只會是某些人的喜好，並不合我的胃口。

他是其他多數女孩子會喜歡的類型，並不是我會愛上的人……當時，我是這麼想的。

壓根沒想過茂實會成為我的男朋友。

儘管當時毫無預感，但我的胸口，至今仍會因為「男朋友」這三個字而噗通噗通地狂跳。即便我打從心底認為自己那時像墜入了地獄，但若是被問想不想回到過去，我大概還是會回答：「我想回去」吧。我想回到那裡，再和茂實做同樣的事情。

儘管這樣的決定，是多麼的愚蠢。

那五年，他的確是我的男友。

他揮動著指揮棒。曲子是舒曼的第一號交響曲《春》。

他的手臂與手指，在空中清楚地畫出一道道看不見的線。

我屏住氣息。

他的手，形塑出音符的漩渦。

看著他，我才真正體會到，指揮是個掌控音符的職業。我的目光無法從他身上移開。儘管如此，我的手不能停下來。順著他的引導，我演奏著小提琴。

這是所位於東京近郊的私立大學，並非音樂大學。

大學的管弦樂團，其實就是社團。雖然社員大多是從小學習管弦樂的人，但並非將此視為一生的志業，而只是當作興趣。

在這當中，也不乏從未學過，進入大學後才開始接觸樂器的人。

業餘管弦樂團若主要旋律演奏得不好，也上不了檯面，因此彈奏主要旋律的第一小提琴中，大多必定會安排有演奏經驗的人，而第二小提琴中則多為沒經驗的生手。

第一次見到茂實時，我還是被分配到第一小提琴中的大一新生。當初因為聽從母親的建議，從小便開始學芭蕾舞、小提琴和鋼琴。當中，我學起來最開心，並且持之以恆到大學的就是小提琴。這所大學的管弦樂團，雖然是由一群學生組成，但因為會在大型演奏廳舉辦演奏會而有名，我在入學之前就一直很想加入。我所就讀的中學和高中，都沒有可以演奏管弦樂的社團，因此我以往都只有獨奏的經驗。

一年共有兩次定期演奏會，分別是在春季和秋季。

春季的演奏會，也兼具新生歡迎會的用意，因此社員較投入心力的，往往是秋季演奏會。而這也是三年級生退出樂團前的最後一次公演。

一入學，我就聽到有關樂團指揮的傳聞。

在聽說大學裡的管弦樂團，大多是找專業的指揮之前，我完全不知情。「專業的指揮就是不一樣。」社長的這番話，聽在只有受過社員指揮的我耳裡，起初有些摸不著頭緒。

我當時納悶，心想：真的是這樣嗎？也很驚訝所繳交的高額社費，大多是用在邀請來的指揮或指導老師身上。或許是到了大學的等級，就需要正規的指導吧，各聲部也都有稱為指導老師的專業講師負責，這似乎是習以為常的作法。而對講師們而言，這也是個滿好賺零用錢的工作機會。

可能每間大學的作法不太一樣，以我們學校來講，每次邀請的都不是專業指揮，而是找畢業於音樂大學，能力介於專業與半專業之間的年輕人。

「如果年紀太大，在學生樂團裡也會顯得突兀啊。」社長又接著向搞不清楚狀況的一年級新生說明。

雖然沒有硬性規定，但通常會請指揮幫忙五年。聽說在這幾年的時間內，當他從原先的半專業，晉升到能夠指揮大型管弦樂團的專業程度，就會提出：「雖然沒辦法繼續指揮，但我可以介紹後進過來。」

在社員人數將近百人的管弦樂團裡，社團內的戀情當然也是多得精彩。

迎新會結束一陣子之後，自然而然就會從比較要好的前輩那聽到：「那個學長跟那個學姐以前在一起過」、「那個學長會對每個聲部的人下手」這類的小道消息。包括男女關係混亂、要「小心為妙」的壞學長，或是會常大鬧說別人勾引自己男友的學姐，在這時候便會得知許多需要格外注意的人物。

在這當中，被當成是特例舉出來的，就是指揮。像是順帶一提，他的名字就這樣出現。

「還有啊，指揮想跟誰交往都可以喔。」

這些學姐說得一副事不關己，我也搞不清楚她們是否對他懷抱過憧憬。她們就像是陳述客觀事實般說著。

正因為是學了多年樂器的人，才會明白、看清自己沒辦法靠音樂吃飯。不會，也不能將音樂當成是工作。

就我而言，我所具備的才能，只能把音樂當成是興趣。更何況，我本來就不打算以專業音樂家為目標，也沒有那樣的動機。

而那些進入大學才開始學習樂器的人，更是如此。別人從小的積累，是他們無論怎麼努力都無法超越的。因為這樣的前提，所以我們才是學生管弦樂團。

而指揮，是來自於不同的星球，以「專業人士」的身分來到樂團。不可能忽視到他的存在。

大家異口同聲地說他非常受歡迎。彷彿理所當然一樣，指揮也每年都跟那一屆樂團中最漂亮的女生交往。

也因為如此，指揮周遭的異性關係，總是錯綜複雜。

「他愈來愈有蘿莉控的傾向了。」有人開玩笑地這麼說。

指揮跟社員的關係，通常不會長久。頂多一年，或是兩年。

下一屆的學妹，看著他與自己的同學或學姐交往過，除非抱有什麼特殊情感，否則不會有人主動接近他。會對他懷有憧憬的，通常是再下一屆的新生。當然，他們之間年紀的差距，也就逐年增加。

「演奏會也算是個小型戰場了。」另一位學長說。

每年的定期演奏會，都會有管弦社的畢業學長姐來看。也有不少與指揮交往過的學姐會來。因此，現任與前任女友，就會在指揮這位主角也在場的情況下相遇。學長一副看好戲似地這麼說。

所以這樣來看，大約五年就會換指揮這點是很重要的一件事。說得一副看很開的學長，似乎不覺得可愛的新生，被來自不同星球的「專業人士」搶走有什麼大不了，但他是真心這樣想嗎？

這都與我無關。

我當時認為，這些事都跟自己沒有任何關係。過去讀女校的我，一直以來沒有跟任何人交往過。現在進入了男女合校的大學，儘管認為應該總有一天會交到男友，但總覺得男女關係複雜、糾纏受歡迎的風雲人物這種事情，應該只會發生在以前就談過很多次戀愛，或是高中時就有過性經驗的人身上。

「嗯……。」

一聽說「指揮就算不是長得特別帥，也還是很受歡迎」，跟我同年級，屬於第二小提琴的美波，似乎很感興趣，慵懶地吐了口氣，點點頭。

她一進入大學之後，就善用在管弦樂團建立起來的人脈，無論哪個學院、哪個年級的人，她都聯誼過了；她對於戀愛的積極，有些人難以置信並說她的不是，但我倒不討厭她。她眼睛下方的愛哭痣，有人說是她喜好男色、薄命，還有人說她就像是老電影裡會出現的娼妓。會說她像「娼妓」，應該是因為她明明身材纖細瘦弱，胸部卻很大的關係吧。

不過，會毫無顧忌地找第一小提琴的人說：「小蘭，我不知道怎麼拉。教我啦！」這種好學的人，在第二小提琴當中實在罕見。如此明確表示自己想要更精進的人，也並非多數。

美波用著她那天生不帶挖苦的語氣問：「所以，這次的指揮也長得還好囉？」對此，學長姐們交換著意味深長的眼神。「這個嘛……，」有個人開口說道。

「這次的指揮很帥。」

第一次見到茂實星近，是在我大一的那年，跟他說到話，也只有那麼一次。

我只是第一小提琴中，十二名團員的其中之一，也從來沒受過指揮的單獨特別指導。練習順利結束，演奏會也在盛況中落幕，我們帶著那股成就感，舉辦了慶功宴，結束後還有時間的社員，就到社辦所在的學生會館隔壁，隨性續攤喝酒。

不知道是誰說：「夏天集訓時的煙火還有剩」，並將已經不合時節的煙火拿了出來。雖然不清楚這裡究竟能不能放煙火，但大家告訴彼此說：只要事後把痕跡清乾淨就沒關係，接著就在合作社餐廳前的小廣場，放起了煙火。

我酒量算是不錯，當時便和喝酒速度跟我差不多的學長姐，坐在看得到小廣場的安全梯，望著或紅或藍的煙火。接著，我聽到美波拉高聲音喊著：「喂！三宅！」只見她摟著某個人的肩膀，離開放煙火的那群人。她們往我這裡走來，並走上樓梯。

「怎麼了？」

錯身時，我才發現美波摟著的人，是同年級也屬於第一小提琴的留利繪。她低著頭，表情僵硬，看起來好像快哭了。

「沒什麼事啦。抱歉，借我們過一下。」

美波帶著留利繪，打馬虎眼地這麼說。就在她們要跟我擦身要走上樓梯時，留利繪抓住我的衣角。我驚訝地抬起頭，一臉快哭的她輕聲地說：「……蘭花可以也一起來嗎？」

雖然我搞不清楚是什麼狀況，也沒有理由非去不可，但留利繪抓著衣角的手在顫抖，我也就自然地起身一起過去。

留利繪和美波負責的聲部不同，感情也並不是特別好。大概，是在放煙火的時候留利繪哭了，善於照顧人的美波就把她給帶了出來。

進到全是塗鴉的髒廁所裡，留利繪依然低著頭。

「我們，暫時先到外面去喔。妳冷靜一點之後，再叫我們吧。」

美波只說了這些，並用眼神催促我到外面去。她似乎對留利繪難過的原因不感興趣，就這麼走到走廊上，在這瀰漫著霉臭味的學生會館裡，開始抽起菸來。我們兩人稍微聊起無關緊要的事情，像是「今天來聽演奏會的人比想像中多，真是意外」或是「某人那個在女子大學唸書的女友也有來，妳有看到嗎？」

她把菸灰彈在別人抽完沒被倒掉，那堆積著的髒菸蒂上，在她的指尖上，有著漂亮的指甲彩繪。用熟練的手勢抽菸的美波，看起來完全就像個大人一樣。看著煙霧飄盪在微暗的走廊上，我想起此時正在廁所哭的留利繪，她時常說自己最厭惡會討好男人的女人了。

討厭化妝的女人。

討厭塗指甲油的女人。

討厭會去聯誼的女人。

實際上，留利繪根本不化妝，不做指甲彩繪，也不去聯誼。好像也沒被找去參加聯誼過。

「小蘭要是能來就太好了。拜託！」我則是經常受美波所託，和她到新宿或澀谷，參加在設有半開放式包廂的店家內舉辦的聚會，認識了任職於證券公司的上班族，或是未來會成為演員的男性。

不喜歡美波的留利繪，眼睛細長、雙頰泛紅、個子高挑，身材有些過瘦。雖然身形修長，但姿勢卻不怎麼好看。因為自幼便有嚴重的青春痘，她臉上的紅色痘疤確實挺明顯的。不過，我從不覺得痘疤這件事有那麼嚴重，有次她卻突然說：「這不是什麼病，所以不必擔心會被傳染。」讓我嚇了一跳。

雖然她好像不是完全不在意穿著打扮，但她老是穿著像小學生才會穿的無袖洋裝，或是紅色格子裙這類不好看的衣服。而且還會看著我或美波說：「如果我的皮膚像妳們一樣好，再化個妝，應該也能夠打扮得跟妳們一樣吧。」儘管美波會笑著打圓場：「會化妝是為了遮蓋皮膚上的瑕疵啦。」但留利繪卻從不回以笑容。她那看起來從沒染過的烏黑頭髮，總是綁得整整齊齊。在管弦樂團當中，很多男生並不是介意她的膚質，而是因為她那過度煩惱、自卑的態度而退避三舍。

不過，我和留利繪很要好。

留利繪念的是文學院，美學美術史系。在文學院當中，那是個窄門難擠、學生人數少的科系，與我所讀的英文系相比，入學的門檻要來得高上許多。留利繪的父親是位畫家，雖然我不太清楚，但聽說在那個領域是位頗具盛名的人物。

可能是因為出身於這樣的家庭，留利繪喜歡觀賞戲劇、看電影、聽音樂，也很博學，和她聊天很愉快。尤其我們都是從小被要求學小提琴或芭蕾，一聊之下，發現我們都有著重視教育的家庭環境，還有其他相似的共通點。

「我沒事了。」從廁所走出來的留利繪，雖然還紅著眼眶，但臉色已經好了許多。她向美波道謝：「謝謝妳，美波。」

美波只是點點頭，完全不打算再多問，或是說些什麼。「其實……。」開口的是留利繪。

「嗯。」

「我的姊姊是獸醫。所以，最近經常聽到，動物送到她那裡的可憐遭遇。」

當她開始說這一番話時，我依然搞不清楚發生了什麼事。但是，一直很冷靜的美波，原先溫柔平和的臉上，這時開始出現納悶的神情。

留利繪接著說：

「我昨天聽到的是，一隻緊急被送過來的牛頭梗，雖然做完手術了，但還是沒辦法救活，結果只能送牠最後一程。真的是讓人心情很沉重，想到飼主的心情，還有姊姊無法救活牠的感受……因為這些情緒突然湧上來，我就哭了，真是對不起。多虧美波把我從那裡帶了出來，謝謝。」

美波的臉上，明顯露出驚訝的表情。

儘管我摸不著頭緒，但也回應她：「喔……原來如此啊，真是令人難過。」並且拍了拍留利繪駝著的背。留利繪像是因為我這一拍，感到安心似地「嗯」了一聲，接著又一副很痛苦的模樣。

後來，美波對於這時候的事情，只呢喃地說了一句：「真是難過。如果不將一切視為理所當然，竟然就無法面對那些痛苦。」

就這樣，正當我們要離開走廊的時候。

我聽到了「啊」地一聲。茂實星近就站在走廊的右側。

光是他站在那裡，學生會館裡的腐臭味，竟然開始散發出腐敗物特有的危險、詭譎魅力，令人感到不可思議。他背靠著上頭的塗鴉已經放置好幾年、水泥都已發黑變髒的牆，身上那件像是第一次穿的純白襯衫衣領飄動著。十分在意茂實的學姐們，老愛拿他的襯衫來做文章：「為什麼他的衣領總是可以這麼挺呢？」不過一近看，發現穿了一天之後也有些皺了，已不如遠看時來得完美。

「啊！辛苦啦。沒想到茂實先生也來參加了啊。」

「當然來啊，慶功宴我當然會參加。」

美波那彷彿開玩笑的口吻，並不是對他有意思，只是對受歡迎男人的基本禮貌罷了。美波在演奏會前的一個月，已經和茂實變成是可以親密打招呼的關係。

當然來啊。

慶功宴。

我當然會參加。

「我當然會參加慶功宴啊。」一句其他男人也會說的話，儘管內容再普通不過，只要是出自茂實口中，聽起來就是不一樣。我在耳裡，反覆回想起他的聲音。近距離一聽，發現他低沉的嗓音中，還帶著些微的甜膩。

我分神心想，他會留下來，應該是因為稻葉學姐在吧。

茂實抬起頭，依序看著在美波身旁的我和留利繪。他的視線緩慢地滑過。也對著我們說：「妳們也辛苦了。」

他的右手，伸向剛剛美波用的髒菸灰缸。我心想，原來他抽菸啊。

「喔？」點著頭，他接著發出的聲音，讓我感到很不真實。

「一瀨同學，妳也很適合穿牛仔褲耶。」

在這之前，他從來沒叫過我的名字，別說是叫名字了，我根本沒有感受過他的視線曾在我身上停留。我感到很驚訝。

一瀨蘭花。

這是茂實第一次，叫我的名字。

我只回了一聲：「謝謝。」雖然驚訝，但不知道為什麼，我總覺得不能被他發現我內心有所動搖。對話就此結束，直到隔年，我們沒有再見過面。

這麼一說，我到後來才發現，他來跟我們練習時，我大多是穿洋裝，不然就是穿裙子。

演奏會結束後，我們都會換下正式的白襯衫、黑長裙，換成輕便的裝扮。而我也穿上輕鬆的牛仔褲。

茂實來到我們管弦樂團當指揮，今年是第三年了。

可以跟任何人交往的他，選的是現在四年級、吹長笛的稻葉要子學姐。一頭烏黑的長髮綁得漂漂亮亮、站姿端正，每個社員提到她，都會用「清新」、「大家閨秀」來形容。無論校內的人怎麼追求，她都無動於衷，但能讓她一見傾心的人，就是茂實。稻葉學姐很受學弟妹景仰，態度凜然，經常一個人獨處。不過，唯獨茂實，她會經常去找他，而且不許其他女生靠近。

然而，無論是茂實或稻葉學姐，兩人都打死不承認彼此在交往。不管是練習過程中或是慶功宴，從來沒看過他們有過親暱的舉動。

有人謠傳，明明已經四年級，早該退出社團的稻葉學姐，曾進去在演奏會場特別為指揮準備的休息室，一進去就花了二十分鐘才出來。但換個角度來說，儘管要炫耀，也只會有這種低調舉動，正是她的作風。

他們不承認彼此是男女朋友，或許是考量到茂實的立場，也可能是要等到稻葉學姐畢業吧。

但無論如何，在旁人看來，他們倆是非常登對，大家眼中的理想情侶。

儘管他們不承認彼此的關係，但大家都不覺得像稻葉學姐這樣的人，會只是被玩玩而已，而是認為他們一定在等學姐畢業才會公開戀情。而他們界線分明的態度，也讓人覺得乾脆。

就連對於戀愛的態度近乎厭惡的留利繪，也曾經陶醉地呢喃著：「他們兩個真的很配耶。」稻葉學姐，是她在美學美術史系的學姐。對於人長得漂亮，但從不高傲自滿，一副楚楚可憐模樣的稻葉學姐，留利繪是懷抱著半崇拜的心情。

比起往年歷任的指揮，茂實的戀愛史不那麼沸沸揚揚，雖然不難想像在我入學前，可能發生過激烈的茂實爭奪戰，但實際上在他的周遭，並沒有複雜到有曾經發生過那種事的感覺。

◆

我已經忘了在聽到隔年的指揮還是他時，自己是否有感到開心。

不過，開口問社長：「今年的指揮也是茂實先生嗎？」的人是我。沒錯，是我主動問的。

當時的我就是如此在意著他，而且前一年跟他講過話的記憶依然猶新。

「茂實先生好像很忙，但因為我們教授跟他很熟，所以今年還是可以請他來幫忙的樣子。」社長回答。

一年級的冬天，我交了男朋友。上了大學之後，媽媽說：「妳就試著跟誰交往看看嘛。」我照著媽媽說的話交到的男友，並不是管弦樂團的人。他和我同樣是文學院英文系的學生，在交往前我們幾乎沒說過話，但在年底時他向我告白。他，是個無論同學院的朋友，或是管弦樂的朋友都會問：「他到底哪裡好？」的那種男生。

某一天，聚會結束的回家路上，美波問我：

「小蘭，妳男友幾乎沒來學校上課耶。」

「嗯，可能是個窩囊廢吧。」
「以妳的條件，要找男友應該是任君挑選吧，為什麼偏偏看上那種人啊？」
「因為，跟我告白的人，就只有他啊。」
美波皺起眉頭，露出厭惡的表情。
「就因為他跟妳告白，妳就選他當男朋友嗎？讓那種人成為妳的第一次，這樣好嗎？」
因為覺得自己完全比不上像美波這種，在高中就接吻過，還有性經驗的人，所以如果交了男朋友，就應該完成那一連串像是儀式的流程。強壓上嘴唇的粗魯親吻，還有只有痛苦和疼痛的性經驗，我都不喜歡，但總覺得只要經歷過，自己就能稍微明白什麼叫做戀愛。
「嗯，我想說就先交往看看再說。」
「在他跟妳告白時，就證明了他是個窩囊廢了耶！」
美波無力地嘆了口氣。
「一般來講，男生都會擔心、畏畏縮縮的。但他完全不會，這就代表他會告白，根本是基於他那沒來由的自信吧？」
「是嗎？」
「當然是啊。」
那麼，有來由的自信又是什麼？有這種人存在嗎？我接著問的這些問題，總覺得是我在無意識中，期待美波說出我想聽到的答案。「這個嘛……，」美波歪著頭回答：「茂實。」

「就我們身邊的人來講的話，應該就茂實了吧。我覺得，他喜歡妳。」

「為什麼會在這個時候冒出他的名字？」

我回應美波，同時感覺到這輩子不曾體驗過的感受，心臟好像飄在半空中、雙腳離開地面，那是一種不可思議的感覺。我覺得自己的聲音變得好遠。

要說這是第六感也可以，但事實上我已經被吸引了。被茂實所吸引。

升上二年級的八月，又開始進入演奏會的籌備階段。

聽說茂實和稻葉學姐分手了。

稻葉學姐畢業後，進入一家老牌化妝品公司上班。以美學美術史系的學生來講，許多人多半會以館員或館長為目標，繼續往研究所升學，因此她的選擇雖然聽起來很好，但並非一般認知的成功道路。而稻葉學姐踏入社會不到半年，便和茂實分手。

茂實再次來當我們管弦樂團的指揮。

夏季集訓前，在學生會館所舉行的歡迎會裡，不知為何，我發現他就坐在我附近的位子上。「一瀨同學，妳的名字想必是妳媽媽取的吧？」當他這麼一問，我儘管知道他都已經先刺探好軍情，而且這麼做還接近犯規，但我還是可以察覺到，他想得到我。

茂實知道我母親的事。光是他剛剛說的話，就足以證明這一點。

「不，不是。」我回答道。並且非常謹慎。

「我父親的老家是種蘭花的。因為有種蝴蝶蘭，所以是祖父幫我取的名字。」

「原來如此。我還誤以為是妳媽媽取的。抱歉，問了個怪問題。」

前寶塚演員的女兒，這件事從以前就不斷被拿出來講。媽媽當初在寶塚時，並不是擔任被稱為「花形」的男角，而是女角，而且也不是主演。她退團之後，便停止了演藝活動，就算說出她的名字，也只有粉絲才聽過。儘管如此，周遭的人還是會說：「好厲害喔。」

厲害的人並不是我，但確實有男人，會想跟前寶塚演員的女兒交往。如果可以，這種男人會希望交往對象不是女兒，而是前寶塚演員本人，或最好是現在還在寶塚當演員的人，他們在女人身上追求的，就是這種價值。

我隱隱約約地覺得，或許茂實也是屬於這一類的男人。

茂實跳過好幾個步驟，並不是採用追稻葉學姐的方式，而是像是刺探軍情似地接近我。

我和這位稻葉學姐並不是特別熟識，腦中浮現出她的臉龐，內疚的感覺瞬間湧上心頭。但在這瞬間之後，對於我能得到原本屬於她的東西，那種得意洋洋的心情，又彷彿酒精般布滿全身。

茂實就此中斷我們的對話，接著他並沒有特別接近我，而是遊走於各桌之間。從他的談話中，得知他為了幫忙拜以為師的指揮家，而要跟著到比利時的管弦樂團公演，明年可能就不在日本，同時，他也跟這些業餘的學生聊起那個遙遠、嚴峻，又如夢似幻的專業樂團是個怎樣的世界。他並非炫耀，只是講得淡然。那獨特的進退，讓人無從斷定他究竟是諷刺、自滿，又或者是謙虛。這樣不讓任何人感到不愉快的他，大概是在場唯一成熟的大人。

當然，我也因為他不再看我，有瞬間感到不滿。

不過，就在我要離去時。

我正打算獨自回去。

我跟正在喧鬧的大家說：「我要先走囉。」便走出學生會館。走到無人的逃生梯，我並沒有走下樓梯，只是往下看。

心想，真希望茂實這時候可以追上來。

我並不知道他會不會追上來。想像裝滿水的玻璃杯。只要稍有碰撞，杯中的水馬上就會溢出來，這樣的預感橫跨在我倆之間。就在他問起我名字的瞬間。……不，應該是在更早之前。

過了一會兒，後方的逃生門果然打開了，出現的是茂實。

因為開門的聲音，我微微轉過頭去，發現他一臉驚訝。

「妳還沒回去嗎？」他問。

因為逃生梯沒有禁菸，所以他大概是來抽菸的吧。

「我要回去了。」我答道。

茂實慢慢靠近，並肩站在我身旁。他俊俏的臉龐，就在離我這麼近的地方。

「茂實先生你……。」

可能沒聽到我說的話吧，他「嗯？」了一聲，往我這邊靠了過來。接著，我有彷彿被高瘦的他，用胸膛包覆住身體的錯覺。他的瀏海靠近，輕柔，還飄著像是肥皂的香氣。心想著他還真是個毫不猶豫，能自在拉近距離的人，我的心臟不由得怦怦地用力跳動。

「在這之前，我們沒有說過什麼話呢。」

「因為太緊張了，我沒辦法直視妳的臉。」

我說不出話來。用著毫不退縮、畏懼的口吻，他繼續說：

「因為妳太漂亮了，我一直無法直視妳。雖然這樣說起來，我還滿沒用的。」

茂實拿出香菸，不過，他並沒有點火，只是看著下方。

中性的五官，嘴唇非常的美。那像是刻意嘟起的雙唇，讓我不禁想伸手碰觸。

我是第一次有這樣的感覺。

我的目光被他的嘴唇吸引了一會兒後，茂實和我四目相交。我的臉，靠了上去。就在那時，茂實瞬間呼出的氣息，碰到了我的嘴唇。因為那輕微的衝擊，我原想就此打住，但卻停不下來。我的嘴唇，靠上了他的。

多麼柔軟。

柔軟、舒服到讓人想一直被他吸引。我不知道該如何收場才好，在這個吻之後，我想應該沒有其他事情，會比看著他的臉來得尷尬了。既然這樣，我想就這樣繼續吻下去。正當我這麼想，瞬間他移開了臉。

我當時的表情應該很狼狽不堪吧。

雙頰發燙，沒有什麼真實感。我明明穿著衣服，但卻像是半裸站在那兒一樣。心臟噗通跳的聲音，大到像是會被他聽見，這一切使我睜不開眼。

他看著我。大概是在看，我那快哭出來的雙眼。

他像是玩弄我似地，露出不懷好意的笑容，接著問。

「這是，什麼意思？」

我的臉變得更燙了。

瞬間我只想馬上逃離現場，趕快回家，再也不到管弦樂團練習，直接退團，在我下定決心這麼做時，茂實抓住了我的手臂。直接走下樓。他沒有穿外套，也沒有拿提包，像是要控制我，粗魯、用力地拉著我下樓，同時將他的唇靠近我的耳邊。

「妳一個人住嗎？」被他這麼一問，我突然覺得自己只是被玩玩的而已。

我的老家就在東京，建議我在東京一個人生活的，也是媽媽。「何不離開家裡一個人住，不管什麼都去體驗看看？」媽媽這麼說，接著又繼續對我曬恩愛：「這樣的話，我又可以跟妳爸爸回到兩人世界了。」

媽媽當年談過許多次戀愛，最後與爸爸相遇。
照著媽媽的建議，我現在，就在男人的手中。
一定有數不清的女人，就像這樣跟茂實上床，這我再了解不過。
不過，現在讓我看到真實面貌的茂實，是如此地有魅力。
儘管只是被當成玩玩的對象，儘管就只有一晚，我也無所謂。
今天，在這世上，已經沒有比跟他上床更重要的事。

「妳可以不要發出聲音嗎？」
就在那樣的衝動下，茂實來到我在學校附近租的房間，一關上玄關的門，馬上就緊抱著我，將我撲倒在地。
白色襯衫象徵的高尚和紀律，逐漸消融在他粗魯的動作裡。他將鼻子埋進我的襯衫裡，探尋著我的胸部。
我搞不懂，叫我不准出聲音，究竟是什麼意思。就算他沒有這麼對我說，我也早已因為太害羞、害怕，不知道該被他牽著鼻子走到什麼時候，而一句話也說不出口。在堅硬的地板上，我的雙腿之間，茂實變得硬挺。似乎已經按捺不住。
現在在這裡的，並非平時大家所熟知的那個人。
是只有我看得到、展露男性一面的茂實星近。
他把臉埋在我胸前，我摸著他那柔軟的頭髮。他並沒有把我的手撥開。而是用舌頭舔起我的乳頭。舔舐的動作，在寂靜中發出聲響，彷彿要貫穿我腦袋的每一個角落。我愈忍著不發出聲音，抓著他的手就愈是用力，在他身體兩側的雙膝也開始顫抖。

我感覺得出來，他因為感受到那痙攣而歡愉。「妳先忍著。」他說。他一邊這麼說，一邊解開我牛仔褲的釦子。將手伸了進去，確認我已經濕了後，總覺得他露出了微笑。我因為太過害羞而想別開臉，但茂實就像要奪走我這份自由似地，在我臉頰上發出聲音地親了起來，手指，也撥弄了很久。

「啊！」只要我一忍著不發出短促的叫聲，身體就會變得僵硬，而且愈來愈緊繃，但茂實的手指像是隨著我的身體反應，動作愈來愈大。和茂實屏息無言的性愛，痛苦得令人難以置信，心跳也不斷加速。

茂實將內褲從我半裸的身上脫下，在他完全進入我深處的那一瞬間，因為太過舒服，我差點情不自禁地發出吟叫聲。在茂實進入的身體裡，彷彿全身通上強烈的電流，那股力量也將他縮夾起。

茂實「啊」地一聲，發出短促的嘆息，他皺起眉。

維持把我壓倒在地的狀態，他瞇起雙眼，皺著臉，表情甚至看起來像是有些痛苦。他的雙眼，顯得溼潤而慵懶。好幾次，好幾次，他拉高聲音，一邊吐氣，一邊在我體內抽插。明明要求別人不准叫出聲音，自己卻發出呻吟，當我發現他不如我想像中完美時，卻覺得他可愛極了。但是，我依舊很痛苦，我的雙唇之間，不斷傾洩出如小嬰兒般的細微哭聲。

只要我一忍住不發出聲音，就像是連呼吸都要停止。好痛苦。我希望他能就此打住。

我的膝蓋依舊使著力，當我把手伸向茂實，他將臉緩緩靠近我的鼻頭，盯著我的雙眼。呼著氣，他說：

「妳可以叫出聲音來囉，蘭花。」

在那瞬間，累積在身體內所有的力氣得以解放，我又能夠呼吸了。肌肉也跟著放鬆。這是第一次，從我口中發出吟叫聲。我試著去感受。感受就連我自己都不曾聽過的聲音，又長又激烈，完全停不下來。好舒服。多希望這一切不要結束。我那哭泣般的吟叫聲與氣息、解放後的身體，這一切都使得他愈來愈興奮。動作也更加激烈、更加用力。

「我喜歡你。」

我總算，將這句話說出了口。而茂實則是用他的雙唇，堵住我的嘴。

就這樣，在我倆緊密結合的狀態下，他在我的身體裡上下抽插。對比那粗魯的動作，他的舌頭既細膩又溫柔，不斷舔著我的舌頭和牙齒。「蘭花。」他在空檔喊了我的名字，我的身體又不由自主地用力，這時茂實就發出細微的聲音，還甩了一下頭。我感覺到自己的雙頰已浸濕。

我在不知不覺中，竟然真的抽泣了起來，同時覺得舒服、覺得喜歡茂實，投入其中緊抓著他。原以為是瘦弱的這個人，因為他身體的重量，讓我覺得自己就好像要被壓垮了，但一出現這個想法，卻又期望著他就這樣壓垮自己。

這樣的做愛方式，如果我是處女，他又會怎麼做呢？

或許，我就是為了現在能夠盡情接納、回應他，之前才會跟其他男人交往的吧。

媽媽要我去體驗的親吻，所指的，完全就是我跟茂實的這一刻。

◆

從那天之後，茂實開始經常來我家。而且每一次，都會用絕不在大家面前表露的表情，跟我做愛。

索求無度，這原本應該是極為普通的詞，沒想到實際上是如此充滿甘甜，我因此對這說法有了重新的解讀。

我，並不是只有一夜情的女人。

後來，我向他坦白我小小的不安與懷疑，「妳很過分耶。」茂實露出淺淺的微笑。他露出受傷的表情，一臉不服氣地說：「明明我也是鼓起好大的勇氣耶。」但是他那做愛方式可不讓人這麼覺得。他擺出裝傻的臉，溫柔地摸著我的頭。

可能因為我們掩飾得太好了吧，完全沒有人發現我跟茂實的事。到了定期演奏會當天，以校友身分來觀看的稻葉學姐，可能因為聲部不同的緣故，我跟她只有擦身而過而已。

稻葉學姐即使跟茂實分手後，依舊保持毅然決然的態度，大方地來看學弟妹的演奏。身邊不乏有：「真不愧是稻葉學姐。」的讚揚聲。雖然她和茂實沒有深聊，但彼此都簡單地打了招呼。

看著她毫不知情地跟前男友打招呼的模樣，在我心中，與其說是嫉妒，反而是微微扎刺著罪惡感，彷彿就要傾洩而出。

面對在被茂實持續否定「戀人」關係的情況下分手的她，仔細想想，我不是應該因此而沉浸在優越感當中嗎？交往過但卻不曾有過名分，對周遭會在意這種事而喧擾的人，我應該是要輕蔑地沾沾自喜啊。

但是，在我看來，那只不過是得不到茂實認同的悲慘事實。就像是為了懲罰她當初擺姿態、裝模作樣，如今的她，連茂實的「前女友」都稱不上。什麼也不是。

茂實絕不會如此對待我。我不像學姐，被他偷偷摸摸地叫到休息室，而是大大方方地被他帶在身邊。

當演奏會結束，他不用再來學校後，我才終於將茂實的事情告訴美波。

「咦？妳什麼時候竟然……？」美波驚訝到快要說不出話來，不過她又馬上露出微笑，對我說：「真是太好了。」

「小蘭妳別說是初戀了，感覺像是連青春期都還沒來過，現在找到妳喜歡的人，真是太好了！恭喜妳。」

聽到她這番話，我才突然頓悟：「原來如此。」對於從以前就一直被說「沒什麼情緒」的我而言，或許現在正是青春期也不一定。這種感覺，滿好的。

在管弦樂團裡，同年級的女生大家感情都非常好。同樣都是自己住的人，經常會聚集到某個人的家裡，一起做晚餐，一起通宵看電影。我們大學位於東京近郊，大多數的人，都是在學校到車站的小範圍內租房子。

當中，尤其以小提琴聲部的人感情特別好。雖然學姐她們有分成了第一和第二小提琴的小團體，但是因為美波和第一、第二小提琴的人都關係很好的緣故，整個小提琴聲部便自成一個大團體，大家相處得十分融洽。

當中，有很多在戀愛方面比較晚熟的女生。

她們一心投入於自己的興趣、深愛著家人，因為這樣，若是聽到哪個人在高中早熟的戀愛情事，感覺她們都像會默默受到傷害似的。因此，大家彼此之間不會聊到男朋友，更別說是露骨的性愛話題了。雖然我並沒有主動聊起，但我也發現，這麼做會傷害到其他的女生。我深深感受到，若是這麼做，必定會受到對男女關係有潔癖的她們，投以蔑視的目光。

在定期演奏會結束之後，我有好幾次被帶去參加茂實朋友的聚會。

如我所料，跟稻葉學姐那時完全不同，我是茂實的「女朋友」。

包括他在音樂大學的朋友，我曾經被帶去和他們那對情侶一起用餐，也一起參加過他的恩師夫婦倆所舉辦的家庭派對。明明茂實沒有明確說出我是他的「女朋友」，但光是他向大家介紹：「這位是一瀨蘭花小姐。」並讓我坐在他身旁，大家就把我當成是茂實特別的對象，這對我而言是個不可思議的體驗。

當中，也有令人感到不愉快的經驗。大學時和茂實同一屆，曾經於國內比賽中獲獎的鋼琴手平野就是其中之一。身旁坐著在女性雜誌當模特兒的女友，平野一邊說著：「喔……。」並打量著我。

「雖然我覺得，對打工地方的學生下手很下流，不過這次交的又是個正妹耶。」聽到平野這一番話，他的模特兒女友開口制止：「不要再說了。」

儘管很難理解，但會彼此這樣刻意尖酸刻薄地講話，似乎就是他們之間友情的證據。茂實並沒有做出什麼反應。只是冷眼看著平野。

那個眼神。

這是我第一次看到，一個人能夠用如此輕蔑的眼神看著別人，這也讓我想緊緊抱住茂實。他俊美，不把朋友當一回事。如此高尚蔑視他人的人，令我深深愛戀。

被邀請到另一位教授夫妻家中時，茂實被問到：「總有一天，你會把她一起帶到國外吧？」對著微微露出曖昧微笑的我，茂實回答：「我想好好對待她。」看著他真誠的態度，我胸口滿溢著驕傲。

有時候，我們也會吵架。

例如，在我知道他和稻葉學姐還有聯絡的時候。

在我知道，他並沒有將我們交往的事情，告訴她的時候。

「你為什麼不告訴她？」對於我的質問，他回答：「我不覺得有告訴她的必要。」我一氣之下，馬上離開他家，慢慢走回距離他家好幾站，位於學校附近的租屋處。

因為想和美波聊一聊，走到她家後，發現那天似乎剛好有好幾個拉小提琴的女生到她家玩，而我就這麼剛好在門口碰到了留利繪。

我一直在哭。無法忍住淚水。

看到我的臉，留利繪非常驚訝地問：「怎麼啦？」接著把我帶到美波的屋子裡。一看到哭得滿臉的我，觀察力很好的美波馬上就問：「是因為茂實先生嗎？」我點頭。聽到用她圓潤嗓音講出來的名字，我的眼淚又流了下來。

留利繪很驚訝。

她盯著我們瞧，疑惑地低語：「為什麼我不知道這件事？」接著她又問：「大塚呢？」聽到她提起我和茂實交往前，短暫交往過的人，心想：「糟了。」但仍舊止不住眼淚。

「已經分手了。」美波代替我回答。

季節更迭，隔年的演奏會，也是由茂實擔任指揮。因為他現在拜師學習的指揮家，把活動的重心移到比利時，茂實也就忙亂地日本、國外兩邊跑。他也答應我，會儘快找機會帶我去一趟。

「我還以為，你今年不會來當樂團的指揮了呢。」聽到我這麼說，茂實微微笑著說：「國外的工作，我只是單純幫忙而已啊。」

接著，我升上了三年級。

那年的秋季演奏會，是我們這屆的最後一次公演。因為是最後一年，大家都非常起勁。往年都很順利進行的排練，卻在那年春天，發生了小小的問題。

「今年的首席，我覺得由小蘭來擔任會很適合。」

事情的開端，據說就是美波的這一句話。

好像是在我正好要陪媽媽去看劇，而無法參加的樂團聚會上，突然聊到這件事。

「畢竟她跟茂實先生在交往，默契也很好吧。我覺得那畫面一定很美。」

可說是負責帶領樂團演奏的首席，通常是由第一小提琴中最優秀的人擔任。而學生樂團的話，慣例都是從年紀最長的三年級當中，選出拉得最好的人。

而我會知道這件事，是因為留利繪哭喊著打來的電話。

「蘭花，妳聽說那件事了嗎？」

雖然我覺得她的聲音像是在哭喊，但正確來講並非如此。留利繪並沒有哭。她並不是難過，而是像完全被憤怒給撕裂了一樣，她的呼吸因此顯得急促紊亂。

留利繪學小提琴的時間比我長，當然也拉得比我好……換句話說，她從去年開始就是首席候補。她說了好幾次：「我真是不敢相信。」

「的確，妳和茂實先生是男女朋友，但是竟然會想要光用『畫面很美』這種理由來決定首席，她真的什麼都不懂耶！」

「但其實我一直認為，首席會由留利繪妳來擔任啊。」

這是我的真心話。畢竟我也不至於連在舞台上，都想要一直跟茂實有眼神交會。而且，高中以前我根本沒有參加過管弦樂團的經驗，首席這種責任重大的角色，老實說我也抱持著敬而遠之的態度。

聽到我這番話，留利繪屏住氣息。過了一會兒，她才又哽咽地哭了起來。

「果然是因為美波不是從以前就開始學琴的關係，所以她才不懂。首席明明不是可以那麼隨便就決定的位子。」

雖然她並沒有說出口，但聽在我耳裡，對男女關係有潔癖的留利繪，她的聲音，聽起來就像是在說著：「淫蕩！淫蕩！」我總覺得，她長期壓抑在心中的許多情緒，透過這次首席的問題，一口氣爆發了。

「總之，妳先冷靜下來。美波那邊，我會再跟她說看看的。」

「嗯。」

她不斷哭泣著，答應了我的提議。

隔天，我在學校裡碰到美波，便將留利繪打電話給我的事情告訴她，她聽了後「咦？」了一聲，露出驚慌失措的表情。看來很是驚訝。

「的確是我說小蘭適合當首席的沒錯，但那只是隨口說說而已啦。我只是說，如果茂實先生和妳在舞台上不斷眉來眼去的，那也太引人遐想了。」

「原來如此。」

「我們這屆的首席，本來就已經決定是留利繪兒了，不是嗎？真是的，如果她很介意，那真的很不好意思。但是她也可以當場跟我說呀。」

對於給人認真又死板印象的留利繪，若是開朗地叫她留利繪兒，她應該也會開心接受吧，但在昨天的電話裡，我似乎沒有餘力可以這麼做。

過幾天，順利決定是由留利繪擔任首席時，我明明也不記得自己有做過什麼，她卻來向我道謝。

「謝謝妳。如果沒有蘭花在的話，我都不知道事情會變成怎樣。」當我聽到她對別人也是這麼說，也不禁想像，這件事對她而言，是多麼的重大。

練習時，在舞台上看著身為首席的留利繪，與茂實眼神交會、點頭，又因為美波的那番話，我開始幻想了起來。

嗯，的確。

在私底下已經結合的我們，現在如果又擺出一臉正經的表情，在其他人面前交會眼神，真的太過引人遐想了。

身體裡，開始發燙。

我開始想趕快回家，擁有他、吃掉他。我腦中就這麼充滿著淫蕩的想像，一直坐在留利繪的後方，同時盯著指揮看。我腦中突然閃過……美波說得沒錯，當當首席也不錯啊。

學生生涯最後一場演奏會的當天。

原以為不會到場的稻葉學姐，以完全是社會人士的裝扮，出現在會場。她拎著名牌包，穿著高跟鞋。原本的長黑髮已經剪短，雖然低調，但在重點處使用亮眼色彩的妝容，讓我覺得真不愧是在化妝品公司上班的人。

「茂實過得好嗎？」當她叫住我這麼問時，我非常驚訝。

在那個時候，我和茂實的事情，已經是樂團裡無人不知、無人不曉。

向來清新、態度凜然的稻葉學姐，帶著令人害怕的冷淡眼神，我頓時語塞。我沉默看著稻葉學姐，接著她瞇起眼，輕蔑似地看著個子比較矮的我。

「冬天的時候要多注意一下。他支氣管不好。」

「是嗎？」

那當下發出的聲音，連自己都感到陌生。還是一年級的時候，學長姐親切地將樂團內的大小事，告訴我們這些搞不清楚狀況的新生，那些話語錯綜交織：演奏會的時候，是個戰場。新舊女友的對決。指揮有逐年變成蘿莉控的傾向。

在茫然的同時，我也用全身去感受，自己似乎也身陷其中。

稻葉學姐眨了眨眼。每一根睫毛都刷上漂亮的睫毛膏，看起來美到有些突兀。她接著問：

「妳已經見過菜菜子太太了嗎？」

「還沒。」

當下也不便繼續問：「她是誰？」稻葉學姐就點點頭說：

「總有一天妳會見到她吧，再幫我向她問好。……我看，妳也會很辛苦喔。」

她用著耐人尋味的字眼，告訴我這些話。

「她會讓妳吃盡苦頭喔。」

「是嗎？」

我到底該怎麼回話呢？稻葉學姐像是對自己剛說出口的話，感到羞愧似地低下頭，沒再多說什麼便轉過身，往長笛聲部的學弟妹那兒走去。裝出一副跟我之間什麼都沒發生過一樣。

她雖然待到演奏會的最後，但並沒有參加慶功宴，只說了：「這拿去當作聚餐的補貼吧。」將一萬圓交給社長後，就回去了。

我是後來才聽說，當時在一旁看的人，開始不負責任地亂傳謠言，說什麼「女人很可怕」，但我並不認為稻葉學姐「可怕」。

我回想起兩年前，當我還是一年級的時候。茂實的身邊，異性關係並不複雜。還有那時看起來很登對的茂實和學姐。當初能做到不讓周遭的人有說閒話的機會，看起來完美無缺的她，今天做好會受到注目的心理準備來跟我講話，究竟是為什麼？她是不得已才這麼做的嗎？

明明可能會害自己變得難堪，為什麼她還要刻意來聽演奏會呢？

聽說他們會分手，是因為稻葉學姐的工作。出了社會之後，變得忙碌，是她先提出分手的。

無法理解。疑惑讓我的身體無法動彈。

若是「愛戀」讓那樣聰明伶俐的女人，做出如此沒有尊嚴的事，那麼所謂的戀愛，實在是太沒意義了。讓人感到恐怖的，並非稻葉學姐，而是讓她做出如此舉動，像怪物般使她著魔的愛戀本身。

◆

後來才知道，稻葉學姐口中說的「菜菜子太太」，名字是寫成「菜菜子」。

跟茂實提到這件事時，他不悅地皺起眉頭說：「為什麼要跟妳提到菜菜子太太的事？莫名其妙。」他的模樣，看起來像是打從心底感到氣憤。

聽說「菜菜子太太」，是他拜為師的那位指揮家的太太。室井稔，是位實力派指揮家，他在國外比在國內來得夙負盛名。就連我都知道他。茂實是從去年開始在比利時幫他的忙。

我曾經因為母親邀約，去聽過幾次他所指揮的M交響樂團，當我這麼一說，茂實「嗯」了一聲，表情才終於變得柔和些，並點了點頭。

「室井先生他們夫婦倆，在我還是學生的時候就很照顧我了。」

室井稔已經年近五十，而菜菜子太太則是大約介於四十五歲至四十九歲之間。這麼說來，他們和茂實就相差了二十歲。

對於茂實和稻葉學姐的過去，一直以來我沒有從茂實那聽到更多詳情，這是第一次這麼直接地談論到。我不禁說不出話來。同時也決定，無論發生什麼事，都不要像她一樣，懷著如此強烈的嫉妒心。

「我之前都不知道，原來要子把菜菜子太太當成那種人。真是太令我覺得失望了。」

當我聽到茂實如此唾棄地提起學姐的名字，總覺得他是突然刻意讓我知道，他和學姐之間確實曾經有過一段情。在樂團裡，宛如高嶺之花的稻葉學姐，沒有任何人會只叫她的名字。

那年冬天，茂實確定會在室井的公演中彈奏鋼琴。

幾乎所有指揮，都是先學過某種樂器之後，才轉而當上指揮的。茂實則是一直到大學都是學鋼琴。他曾經在國內的比賽中獲獎，能夠拜室井為師，也是因為他的成績受到賞識的關係。聽說室井認為他有訓練的價值。邀請室井過去的管弦樂團，提出要找鋼琴手的需求，於是他便指定茂實擔任。由於這是場慈善公演，門票收入將全數捐給日本紅十字會，因此非專業鋼琴手的茂實，才得以在公演上彈奏。似乎也有炒作師徒同台話題的用意。

茂實淡定地投入練習，而我也從那時候開始找工作，變得較為忙碌，我們見面的次數也變少。但是，我並不覺得他的心就此離我遠去。事先沒有知會我一聲，就搖搖晃晃地來到我家，告訴我：「好累喔。」並直接在我家住下，這讓我對他的愛只有比以往來得更深。

「蘭花，妳明明可以不用找工作的啊。」

茂實看著掛在牆上的面試套裝，一邊這麼說。

「總有一天，妳得跟著我一起國外、日本兩邊跑啊。何況我怎麼受得了跟妳分隔兩地。」

「等真的到了那一天，我隨時都可以把工作辭掉啊。」

心想只是打情罵俏，但接著被他親吻，跟他上床，讓他在耳邊細語，真的很開心。但其實，我當時心想，真會有那麼一天來臨嗎？

某一天。

茂實的智慧型手機發出震動，打開收件匣的他，「唉」地像是刻意般嘆了很大一口氣。他並非故意。但會無意地做出像是刻意的舉動，這就是茂實。

「怎麼了嗎？」

「是平野傳來的。真搞不懂那傢伙是想怎樣。」

我想起了那張臉，他身邊帶著模特兒女友，直接對著茂實說：「對學生下手，真是下流。」茂實將手機遞給我，讓我看平野傳來的內容。

演唱會的邀請函已經收到了，但不好意思，我不會去。

雖然我知道這麼做非常狂妄、失禮，但我就是不想去。

這次，聽說你會在室井先生的管弦樂團彈奏時，我首先湧上心頭的想法是，我還沒辦法對你說出一聲：恭喜。

你大可跟室井先生說，我這個不自量力的蠢貨寫了這種東西來，或是跟同期的人一起取笑我，也可以把這股憤怒當成是你在演出時的動力，這封簡訊你要怎麼處理，我都無所謂。總之，我現在就是不想看你彈琴。雖然我知道這樣很沒禮貌，但我就是不會去。

總有一天，等我達到了自己也認可的成績，那時候我會再用盡全力跟你說一聲：「恭喜」。

致我的摯友，茂實星近

「他在寫什麼啊？」

我不禁脫口而出。茂實的回答很冷淡：「他喝醉了。」

「對他而言，我這個人，就是個非常甜美的回憶吧。」他說。

「平野和我，是國中和高中時的朋友。上次見面時，我想他應該有提到自己曾經在鋼琴比賽中獲獎吧，其實那是國中時的青少年組比賽，在那之後，他並沒有拿到什麼特別的成績。……但是，對平野而言，時間大概永遠都停留在那個時候了吧。」

我在那之後，也好幾次在許多時候想起他所說的「甜美的回憶」。希望永遠都沉浸在當時的甜美回憶中，讓人認為只要死守原地就能安好無事，那種侵蝕人心的甜美回憶。

儘管，那裡已經不再殘留任何甜味。

「跟別人一起取笑這則簡訊，也可以當成是你在演出時的動力，這到底是什麼意思啊！我對你才沒那麼多期望呢。連生氣的感覺都沒有。」

茂實說得一副束手無策的樣子很有趣。我不禁笑了出來。

一想起平野那張像癩皮狗的臉，就感到心情愉悅。他嘴巴上說不想去看的鋼琴演奏，對他來講可能是很專業的，但對身為指揮的茂實而言，並不帶有什麼特別強烈的意欲。

連這種事情都要嫉妒，他如此的小心眼，那等到之後茂實獲得到更大的榮耀時，他到底打算怎麼辦，我光是想到這些，就覺得可笑。

等他達到了自己也認可的成績，就算有這麼一天，真的讓平野給等到了，他可能已經連茂實的背影都看不到。

至今仍堅信別人還把自己當成競爭對手，這種毫無意義的自我感覺良好，活脫脫像個小孩子一樣。「平野先生應該是喜歡星近你吧。像戀愛的那種喜歡。」

我試著站在茂實的立場想了想，覺得那不就是有人硬是將自我安慰的行為，展現給自己看嗎？在簡訊的最後，還故意誇張地寫上「摯友」，令人感到有些作嘔。

「我覺得不可能，但覺得他有點怪就是了。」

仔細想想，隨處都存在著甜美的回憶。在茂實之前交往的大塚，對我而言，連一丁點回憶都沒有留下，不過，聽說他在學校裡四處宣傳：「我以前跟蘭花交往過。」因為這樣，倒是令我感到非常不快。就連去了聯誼，在那種應該是要找下一段戀情的地方，他也將這件事情拿出來講，惹得去聯誼的女生討厭，最後只是自取滅亡。他難道是覺得，只要說出他曾經跟我交往過，就能為自己加分嗎？

就像說，我是媽媽的女兒一樣。

沉醉在甜美回憶中的平野，後來好像間接得知，茂實因為他傳的訊息而感到氣憤。當他聽說訊息內容有給室井，還有以前的朋友看過後，好像還說了：「哇！感覺好像我寫的情書被公開了一樣。」這使我更加感到無言。

我當初說他對茂實像是戀愛般地喜歡，沒想到他會如此具體地呈現，也令我替他感到可悲。

明明都是男的。

真是丟人現眼。

室井由茂實負責彈奏鋼琴的演奏會，我也帶了媽媽去看。

當我初次向媽媽介紹茂實，並且坐在公關票座位上欣賞完演奏後，媽媽說：「是個不錯的男人嘛！」給了滿好的評價。

室井菜菜子也坐在我們的附近，看著她先生指揮。我在這個時候，才第一次見到菜菜子。

「妳就是茂實的女朋友嗎？哇，我總算見到妳了。我一直說很想見見妳，但是茂實對妳真的很保護，完全不讓我們見面呢。」

她嘴邊帶著淺淺笑意，聽說她的年紀介於四十五歲到四十九歲之間，但從那年輕又美麗的外表，完全看不出來。我媽媽和她，說著「我們以前是不是認識？」彼此打了招呼。

我媽媽就是有這個毛病。她似乎只要碰到外表具有某種水準以上的人，就會心想跟對方是不是本來就認識。開始在記憶中尋找，是否以前曾經因為工作的關係，而在哪裡見過。對於已經有些年紀，但卻仍不失美貌的女人，她都無條件地懷疑自己與對方認識。

待在許多擁有姣好容貌的人聚集的地方，究竟是何種感覺，我無法體會，但聽媽媽說，很不可思議地，她跟這類的人就是會對到眼。即使只是擦肩而過，彼此的視線都會受到對方吸引。

我瞬間心想，還好我找了媽媽一起來。光是我一個人，應該沒有自信和勇氣一直坐在這個人旁邊。

與媽媽視線交會的菜菜子太太，帶著色彩鮮豔分明的妝容，令我覺得她和偏好自然妝容的我們，是不同時代的人。不過，她的妝並不是畫得很厚。

她的身材高挑修長，穿著大方展現腰線的窄版洋裝。腰間繫著橘色皮帶，上頭的金色墜飾，正是品牌名稱的第一個字母。這點小地方，更顯現出她是位有錢人家的夫人。她微笑的臉龐，顯得柔和親切。而她眼尾的小皺紋，恰到好處地破除了她看似美豔冰冷的印象，使得她更顯魅力。

「茂實他啊，可是經常跟我們炫耀呢。說他打從第一次見面之後，過了一年多都無法主動跟對方講話，後來終於跟那個女孩交往了。當時茂實說的話，真想也讓妳聽聽呢。」

她的話中似乎沒有半點虛假，我當下只覺得不敢當。

而且，我因此再次覺得，稻葉學姐把她當成是那、種、人，真是差勁。

拉赫曼尼諾夫的第二鋼琴協奏曲。

當演奏結束，在掌聲與喝采當中，身穿燕尾服的室井在聚光燈之下低下頭來。他將稍微變少了的頭髮，大方地梳於腦後，露出神采活力的笑容，眼神裡充滿力量。儘管坐在觀眾席上，也能清楚看到他額頭上流下的汗水。

他露出神清氣爽的微笑，將手比向鋼琴的方向。從他介紹茂實，還將手高舉過頭鼓掌的動作，可以感受到茂實真的備受寵愛。

茂實害臊地笑了笑，站起身來。我還是第一次看到，早已經是個大人的他，露出少年般的害羞模樣。

這使我倍感愛戀。

我一面鼓掌，一面感到驕傲。

因為，我是眼前這個人的女朋友。

未來，是否也將繼續跟他一起生活下去。

我根本無法想像，有一天會失去他。如果他死了，我一定也活不下去。當我心想，我的人生早已註定要與他相遇、攜手生活下去時，我都好想將茂實的事情，告訴過去每一個時刻的自己。我是被「幸福」的命運所選中的人。

恐怕是因為，我在這一天便嘗盡了此生所有的幸福，所以接下來，將變得宛如空殼般，一口氣失去所有。

◆

真相。

而真相，接下來，馬上就要揭曉了。

◆

我的求職過程很順利。

我最想去的貿易公司，已經進行到最後一關的面試。

我和茂實也一樣，交往得很順利。

他好像在考慮是否要辭去大學管弦樂團的指揮工作。畢竟，他已經正式在室井底下工作，除了指揮，他還必須管理工作排程，也另外被交辦一些像是經紀人的事務，看起來是真的很忙碌。

周遭的人似乎都認為，像他這樣，還會繼續待在學生管弦樂團裡指揮，全是因為我在的關係，對我來說，這種感覺還不錯。

一直告訴我不需要找工作的茂實，在知道我面試即將進入最後階段時，也非常替我開心。當他來和我的父母親一起吃飯時，他說：「雖然現在慶祝，可能還太早。」並送了我一條上頭鑲有一顆珍珠，百合模樣的項鍊。這跟我用自己的零用錢買的項鍊，價錢根本差了一位數。他送我的，是連在父母那一輩都吃得開的高級名牌，我心中滿是感激。

「應該也可以送戒指了吧？」媽媽愉悅地說道。聽到媽媽這麼說，茂實也從容不迫地回應：

「我本來也是這麼想，但是我怕如果送了，蘭花可能會不開心吧。」

在我父母面前，茂實大方地走到我的身後，像是要緊抱住我似地伸出手，幫我戴上項鍊。

茂實的品味很好。不只是這條項鍊，他送給我的其他東西、他身上穿戴的衣物，還有他帶我去的餐廳，從來都沒讓我失望過。

他知道好幾家吃套餐料理，但不需要過於做作拘謹的好吃餐廳，光是他向服務生打招呼，說聲：「你好」，就足以緩和氣氛，讓我感到很自在。

當中我尤其喜歡一家叫做Brise Printanière的法國料理。他們會為了食量不大的我，準備分量減半的餐點，相當貼心。

有時候儘管沒有事先預約，服務生也會先告知：「請稍等一下喔。」說完便消失在店裡頭，結果，明明客滿卻特別為我們準備了座位。「謝謝你。」對於向他道謝的我，他也只是微笑地說：「因為我們平時就很受茂實先生的照顧。」接著，也低下頭來對茂實說：「前些日子也謝謝您的光臨。」

就這樣，我和他見面無數次，吃過無數次的飯。親吻，擁抱。

因為工作和練習而疲憊不堪的他，突然找我出去吃飯時，也愈來愈常抱怨他在工作上碰到的人。

很難得地，他醉倒了。

平常只喝白酒的他，當Brise Printanière的侍酒師建議以紅酒搭配肉類料理時，他不打算接受，說了：「但我不太能喝紅酒。」而我從旁插話：「但是我喜歡紅酒。」我告訴他，如果有剩下來，我會負責喝光。

就算沒有發生今天的事，總有一天事蹟還是會敗露的。若不是這樣，那就麻煩了。

雖然我從未看過茂實喝紅酒，但看著茂實喝紅酒，那畫面再自然不過，不像是不能喝的樣子。

我感覺到他喝醉的時間點，來得很突然。

在上甜點之前，茂實的眼神已經無法聚焦。儘管我問他：「你還好嗎？」他此時早已像是獲得解放似地，喝的速度愈來愈快，語調也開始變得奇怪，反覆說著：「沒事，沒事。」接著喝得更多。他的動作也變得誇張，臉上的笑容也變得沒有氣質。

到目前為止參加的聚會上，看過很多喝到爛醉的朋友，所以我還知道這個時候該怎麼做。只不過，當同學或學弟妹醉倒時，我通常只是在旁邊看，沒有實際上照顧過他們，通常負責照顧的，都是擅長這種事的美波。

一想到要光靠自己將他從餐廳帶回去，就感到有些束手無策，但我想起跟爸媽一起來這種餐廳時，可以拜託餐廳裡的人幫忙叫計程車。「茂實先生好像已經很累了呢。」一位沒見過的服務生這麼說，我向他說聲抱歉後，便搭上計程車。

我隔天還有課。

儘管找工作已經找得差不多了，但也得開始專心準備畢業論文。

雖然我本來不打算要在茂實家過夜，但從現在的狀況看來，也只好如此。

計程車停在茂實住處大樓的門口，我先付了車錢。因為心想茂實到時候應該會說由他來付，所以我也向司機拿了收據，以免忘了金額。茂實沒等我就先下了車，但因為絆到自己的腳而將包包裡的東西撒了一地。我驚慌地準備要下車時，正打算撿起包包的他，突然抓住我的鞋，露出不知所措的樣子。

「把鑰匙拿出來吧。」

他並沒有給我他在海邊那高級住宅的鑰匙。平常幾乎都是他來我家住，我很少會來這裡。「嗯。」隨口回答的茂實顯得有些焦躁，「我是說，鑰匙啊。」我的手穿過他的腋下將他扶起，露出些許笑容，但是茂實並沒有回答我。

散亂的包包裡，沒有好好整理。可見儘管外貌再怎麼好，有沒有辦法做到確實整理，又是另外一回事了吧。不知道他有沒有在讀的書，沒放進資料夾裡而折到角落的紙，散落一地。為了拿掉落在車子底下的手機，他把手伸了出去，想到若是手被正要開動的計程車輾過的話，那該如何是好？我嚇出一身冷汗。

我彎下腰，趕緊將東西撿起來，他站著恍惚地呢喃：「怎麼辦？都是妳在幫我……。」他靠了過來想要抱我，「等一下。」雖然我把他的手推回去，但茂實將自己的身體整個靠在我的肩膀上。

就在這個時候。

一個女人走了出來。

高級住宅裡，鑲嵌著彩色玻璃的自動門打開來，她出現了。我摟著茂實的肩膀，睜大了雙眼。

「哎呀！怎麼啦？你沒事吧？」

從電梯口出現，直直走到我眼前那扇緊閉的大門，那人是室井菜菜子。

菜菜子穿著紅色的針織衫。

她穿著可以清楚看出胸線、腰線等身材曲線的薄針織衫，還有黑色的窄裙。脖子上掛著一條長長的金色項鍊，穿著帶有些許花樣絲襪的小腿，近看有些腫脹。

仔細一看，她跟之前在演奏會上碰面時比起來，真是糟透了。若說得難聽一點，她這身打扮一點氣質也沒有。

彷彿時間停止一般，我完全無法動彈。

我只是茫然地盯著菜菜子看。在我肩上靠著的茂實明明很重，但我卻感覺不到他身體的重量。什麼也感覺不到。

菜菜子瞄了我一眼。接著，又重複著同樣的話。

「你沒事吧？茂實。喝醉了嗎？因為我聽到有吵鬧聲，所以才好奇出來看的。」

「菜菜子太太。」這個名字卡在我的喉嚨深處。我明明有叫她，她卻不回應。

「喂喂，茂實，你看得到嗎？」她盯著茂實的臉看，在他眼前揮動自己的手指，她只對著他說話。

「哎呀，真是糟糕。你在哪裡喝的啊？Printanière嗎？你喝了什麼啊？」

「……紅酒。」

因為她對我太過於視若無睹了，我依舊茫然，用著顫抖的聲音回答她，「真是的！紅酒是你的罩門呀。」菜菜子用著裝模作樣的動作，搖搖頭。那就像是自言自語一樣，並不是在回答我。

「謝謝，不好意思啊。」

菜菜子從我的肩上接手，將茂實扶了過去。把意識不清楚的他的手臂放在自己的肩膀上，「接下來就交給我吧。」她從我手中搶走茂實的包包，隨即轉過身去。

就連藉口，或解釋也不說。

我看著茂實的背影，他的左手無力地在菜菜子的腰附近晃動。在那瞬間，我突然起了雞皮疙瘩。

沒來由地，就是無法動彈，無法問出任何一句話。

是菜菜子不讓我問。我在不懂，搞不清楚的狀況下，像是用全身如此呢喃著：就是這麼一回事，妳應該懂了吧？

好像在說，我若問出口就是不識相似地，她完全不讓我靠近。她相信接下來自己可以處理得很好，並且被允許這麼做。

由於太過憤怒又感到羞辱，身體僵硬而無法動彈，體內所有的溫度都從我的全身散去。我聽到了門後電梯關上的聲音。茂實的咳嗽聲，還有同時聽見的「喂！振作一點！」如撥奏般愉快地笑著。

雞皮疙瘩，久久無法退去。

我突然聽見不知何時，稻葉學姐對我說的話。

妳已經見過菜菜子太太了嗎？

我這才察覺，他們早已睡在一塊了。

茂實一直以來，都和將近五十歲，跟自己母親差不多年紀的女人，睡在一塊。

◆

即便是我，也知道菜菜子根本不需要特地下樓來。

……因為我聽到有吵鬧聲，所以才好奇出來看的。

說謊。

從屋子裡頭根本不可能聽到樓下大門的聲音。她其實一直在等，等我們一起回來。因為，如果她發現到我，大可躲起來，不需要跟我碰上。只要她當場馬上離開，我們根本就不會見到彼此。

她想讓我看到這一幕。我沒花太多時間，就想到了這點。同時也感到害怕。

許多我根本不需要去發現的事，還有諸多的可能性，也都一一察覺。

而讓我察覺這些事情，大概就是她的目的吧。

比如說，菜菜子有備份鑰匙這件事。

那棟大樓我很少去，但她卻頻繁進出這件事。

還有她知道茂實常常帶我去的那家餐廳；貼心的店員，明知道茂實在其他時候和菜菜子幽會，仍守口如瓶，還對我畢恭畢敬。

茂實說過，室井夫妻從他學生時期開始就非常、非常、非常照顧他。從學生時期開始。從更早、更早之前就已經如此。

今天，跟我吃完晚餐後，茂實打算跟那個等在家裡的女人做什麼呢？光是想像，就感到屈辱與骯髒，令人反胃。

我感覺到自己被菜菜子看扁了。

完完全全地被看扁，而且實際上也是如此。我無法回她任何話，也無法動彈。明明可以對她破口大罵，大打出手的，但最後，我獨自被留在原地。

好想殺了她。

不甘心，我好不甘心，不甘心到想要大吼出來，但我也無法理解，自己為什麼沒有這麼做。

走在住宅區的街道上，連一台計程車也沒有。末班電車也過了。因為付了從餐廳過來的計程車錢，錢包裡幾乎沒剩多少現金。

還是先到哪個朋友家，跟她借計程車錢好了。心裡第一個想到的就是美波。也想要找她聊聊，希望她能夠安慰安慰我。

一決定要打電話給她後，突然又覺得好想哭，拿起手機一看，發現在餐廳裡一直關成震動的手機，畫面上顯示有新訊息。是美波傳來的，主旨是「今天和男友在迪士尼約會過夜☆」。

「第一次住在迪士尼，玩得很開心☆，樂園的飯店真的很棒，推薦妳和茂實先生一起來喔。」

她還附上和男友的自拍照，身後還有著耀眼的金色光芒。我沒有想太多，以一顆乾涸的心，只回了她一句「好羨慕喔……」。

還是拜託父母好了？

先搭計程車回家，把事情告訴他們……光想到這，我的心就卻步了。

我替茂實想了一下。

我要是頂著這張臉回去，把事情原委都告訴爸媽，他們一定不會原諒茂實。我自己就算了，若是連父母親都牽扯進來，那麼我跟他就不可能復合了。想到這裡，我才發現自己還喜歡著茂實，儘管發生這種事，還是不想要分手。在這之前，因為太過震驚而忘記流下的眼淚，炙熱地湧上眼頭，流了下來。

我和茂實，會因為這件事就分手嗎？

光是想到要失去他，馬上就能感受到，那會是多麼地難以想像。如果這一切會使他離我而去，儘管會非常痛苦，但我寧願選擇忘記菜菜子的事。

接著，我才開始思考，這次發生的事，究竟算不算是不幸的意外。菜菜子出現在我們面前，真的只是偶然嗎？在我面前，菜菜子將手伸向他時，顯得毫不猶豫。她到底算計到何種程度？會不會其實茂實早就知道，而且同意這麼做？會不會是故意要讓我知道他們之間的關係？

或許是茂實被抓到什麼把柄了。

所以他才無法違抗菜菜子也說不定。這麼一想，我開始坐立難安，想要馬上回到剛剛的地方。想打電話給茂實。

但是，我辦不到。

光是想到那個女人，穿著紅色針織衫的身影，在躺下的茂實身上交疊，想像茂實沒有反抗地接受她，這些畫面，讓我幾乎無法呼吸。至少在今天，我不想再跟他們有所牽扯。只要想到他們現在正在做什麼，我就快要失去理智。

平時在好友當中，會坦承商量有關茂實的事情的，一直以來就只有美波，若是撇開戀愛的話題不講，跟我感情最好的人是留利繪。

當留利繪接起電話，發現我在哭的時候，她在電話的另一頭大聲地問：「妳怎麼啦？」「對不起，對不起。」我重覆著這句話。連自己也不知道是為了什麼，又是在向誰道歉。

我也希望有人來向我道歉，要道歉的不該是我。或許正因為這樣，我才脫口而出這些卑微的話。

不過，我的確也對留利繪感到抱歉。我沒想到竟然會給不擅長戀愛話題的她，帶來這種麻煩。

「我跟茂實先生，發生了一點事。我現在可以去找妳嗎？」

「我身上沒錢。」我用沙啞的聲音繼續說，留利繪在電話另一頭屏住氣息。

「我過去找妳。」

她這麼說。

就像是在黑暗中，突然射進來的一道光芒。那是如此的溫暖、柔和，我可以接受這一切嗎？我好想見見我認識的人。我多麼希望那個人，能夠將我從荒謬、骯髒到難以置信，這個菜菜子與茂實的世界，拉回到井然有序的一般生活。

留利繪的潔癖，強烈得令人難以抵擋，讓我能阻斷與那個世界的牽連。

「雖然這樣計程車錢會變成雙倍，不過妳在那邊等我。不要離開喔。」

接著，她又這麼說：

「妳不必放在心上。……妳會想到找我幫忙，我很開心喔。」

聽完她說的話，我「嗯」地點點頭，又哭得不成人形。

我在留利繪家裡，任由激動的心情爆發，說出跟茂實之間發生的事。一直說著從菜菜子那遭受到的屈辱。留利繪說不出話來。

「好過分喔。」她呢喃道，她只是靜靜地，聽著我說。

就這樣，我們一整夜沒睡。

可能因為天氣冷，又在外頭等計程車的關係，我有點頭腦發昏。而且還發燒。讓留利繪付了單趟約四千圓，來回將近八千圓的計程車錢，我感到非常過意不去，但是她卻跟我說：「妳不用放在心上。」

留利繪聽到一半時，濕著眼眶說：「因為當初我覺得茂實先生和稻葉學姐非常配，所以後來妳跟茂實先生交往的時候，一開始，我的心情有點複雜。」

一想起稻葉學姐的名字，覺得有些懷念。懷念當初對她抱持著優越感、感到氣憤的時候。……如今，學姐已經不再和菜菜子有任何瓜葛，也不需要再為此痛心，雖然這麼說不太恰當，但我倒也羨慕起她來。

不過，我同時也因為留利繪說錯了話，而感到不悅。我實在不希望她再提起那麼久以前，已經沒有任何瓜葛的女人，而且還拿我與她相提並論。

「所以，對不起。」留利繪說。

「畢竟妳，是真的很喜歡茂實先生，對吧。」

喜歡，這單純的字眼像是在刺著我，胸口彷彿快要碎裂般疼痛。「嗯。」我點點頭。嗯，嗯，嗯。

我喜歡茂實。

深夜，茂實有打電話過來。

在他打來之前，有好幾個小時的時間，我一直說著茂實和菜菜子的不是，但當我看到手機畫面顯示的名字，瞬間又不禁握緊手機。

之後就算茂實又打電話來，我也不接，我決定暫時不跟他聯絡了……。我在留利繪面前，憤慨地說了這些話，留利繪也附和著：「這樣一定比較好！」……儘管如此，當手機鈴聲響起時，我還是馬上跑到了手機旁，對此留利繪帶著有些責難的眼神，一直看著我。

「妳要接嗎？」她問。

「嗯。」我回答她後，便握著手機走到陽台。我壓低聲音，跟茂實講電話。

雖然我很感謝留利繪，但我突然好想回到自己家裡去。

我想要責問茂實，這通電話是我們重修舊好的機會，我想要一個人，無須任何掩飾地跟他講清楚。我不希望讓留利繪聽到，自己對茂實撒嬌的聲音。

我跟菜菜子不是那種關係啦。茂實說出了任誰都不會相信的謊言。

◆

隔天，我也將茂實和菜菜子對我做的事，告訴隔夜玩回來的美波。

美波先是說不出話來，接著因為自己在這種時候卻無法接電話，向我道歉。

「我還傳了這麼白目的訊息，對不起。」聽到她這麼說，我回答：「沒關係啦。」這是真心話。

「何況我也沒有因為妳傳的訊息，心情變得更差啊。」

美波驚訝似地瞇起眼，不斷眨眼看著淡定的我。接著，她將我的肩膀摟了過去，緊緊地抱著我。

「妳就是這樣，客觀到讓人吃驚，我就是喜歡妳這一點。」她說。

不過，對於茂實，她倒是相當批判。

「我覺得你們還是分手比較好。」她說。

「以妳的條件，可以有更好的啊。不需要執著於他吧。而且茂實這個人，我從以前就一直覺得他……。」她像是要鼓勵我，不再稱呼他茂實先生，而且加以痛斥。

她好像完全忘記，自己曾經說過身邊的人，就屬茂實與我最登對這件事，不斷地說他壞話。

如果有更好的男人，我倒希望她來告訴我在哪裡。

和美波一起去迪士尼樂園的現任男友，是第二小提琴的學弟，但就我來看，他的魅力遠不及茂實。看著他對美波百般撒嬌，我才想對美波說：「以妳的條件，還有更好的人。」

相較之下，留利繪態度真誠，單純聽我發洩。應該沒什麼戀愛經驗的她，說著：「我懂。」同時靜靜地聽我說，讓我得以抒發。

「我想身邊的人，應該都會因為這件事，說茂實先生的壞話吧。也可以說是責備他……。」

「嗯。」

「但是這種事情，我做不到。因為要是我這麼做，妳應該會很痛苦吧。」

帶著憂傷的眼神，留利繪說道。接著又重複著：「畢竟妳真的很喜歡他嘛。」

「對不起，我沒辦法幫妳一起罵茂實先生。」

「沒關係。」

她怎麼會如此了解我的心情？我對留利繪滿是感謝。她並非只是講講普通的意見，而且從頭到尾都很有禮貌地稱呼他「茂實先生」，她的話讓我感受得到溫度。

而美波，或許是因為她換過許多任男友，所以才無法理解吧。

所謂戀愛，並不是像她談的那種「普通的戀愛」，而是像我和茂實之間那種「特別的、獨一無二的」戀愛。

在我身上發生的事情，就是如此。

美波是不會懂的。

那天晚上之後，又過了幾天，我和茂實約在一間距離學校、彼此住處都遠的鬧區咖啡廳見面。

他堅稱和菜菜子不是那種關係，解釋得很敷衍。

因為從學生時期開始，就很受到室井夫妻倆的照顧。其中又以菜菜子特別擔心自己一個人住的茂實，所以會趁他不在家時，去幫他做家事，例如洗衣服、打掃等等。

「那天也是一樣。」聽他這麼說，我裝傻地回應：「是這樣嗎？」

那件讓身體線條一覽無遺的紅色針織衫，還有做了彩繪的長指甲，根本就不適合做家事，但是我並沒有點破。

「就連我媽也知道這件事啊。」

可能因為我沒有繼續追問，反而讓他認真了起來，說了這句話。

我聽了，感到很難過。

就算先撇開菜菜子的事，他也不能說出這種話。這是否代表茂實根本不打算讓我跟他母親見面？或是他根本沒想過，我可能會去問他母親？

我反過來問他：

「這樣的話，那麼室井老師也知道囉？」

「是啊，那當然。」

「既然如此，我可以去問他嗎？去年的演奏會上，我有拿到老師的名片。」

很明顯地，茂實相當驚慌失措。在這之前絲毫沒有動搖的眼神，開始失焦。

為什麼不把謊言圓得漂亮一點呢……？我不但生氣，也震驚地盯著他看。

「……可以啊。」

可悲地沉默了一會兒之後，茂實的表情恢復正常。我看他像是要跟菜菜子聯絡，拜託她一起來解釋的樣子，我下意識地用冷漠的聲音說：「我不要聽。」

「只是，你要答應我。以後不會再讓菜菜子太太去你家，也不准再和她兩個人單獨見面。」

「……可是我們真的不是那種關係啦。」

看到茂實苦笑的樣子，我不禁怒火中燒，真想馬上站起來，賞他一巴掌。

他如果要挽回我，就應該更拚命才對吧。

他的自尊心高到無法拉下臉來，就某方面來說，正因為他如此天真，才會被菜菜子吃得死死的，一想到我就滿肚子火。

儘管喝得爛醉，他卻能夠容許我和菜菜子，在他的住處見到對方，可見菜菜子已經是他生活中的一部分了吧？甚至還讓他忘了對我該有的顧慮。

我咬牙切齒地心想，菜菜子這女人，到底有什麼目的？

她應該和我不同，應該不是想和茂實一起度過未來的人生。她只是，想跟年輕男人睡而已吧，一想到這，我打從心底感到噁心反胃。這女人怎麼會如此的醜陋。

「我知道了啦。」

看著完全不笑的我，茂實答應了我。

「如果妳不喜歡這樣，那我就不跟她見面了。……只是，沒想到蘭花，妳還滿愛吃醋的嘛。」

在他那張驚訝的表情面前，我只能茫然以對。

我心想：他還是個小鬼。

雖然，我之前一直以為他已經是個大人了。但是，茂實其實跟學生比起來，沒什麼兩樣，出乎意料地，他還像是個孩子。

……既然妳已經不相信茂實說的話，那不就應該要分手了嗎？

後來，美波這麼對我說。但是，重點早已不在此。對於神經如此大條的美波，我感到焦躁不耐。

打從一開始，問題就不在於我相不相信茂實。

重點在於，我打算共度一生的男人，竟然被那麼棘手、如惡靈般的人給纏上。那個像是惡靈般的有夫之婦，根本不可能像我一樣，得到茂實的「女友」這個名分，而且她也不打算這麼做。所以我的地位並不會動搖。

單純深愛茂實的心，毫無虛假，而以他另一半的身分，躺在他身旁那舒服的世界，也同樣深深地魅惑著我的心。

而菜菜子，只不過是個偷偷摸摸、纏著茂實的人罷了。

我想將那女人趕走，同時也思考著，我那已經無法信任的男友，接下來應該怎麼處置。

和菜菜子直接碰到面，是在那件事發生之後的三個月。

茂實又因為室井的關係，被引薦擔任市民樂團的指揮，那場慈善演奏會，他們夫妻倆也到場欣賞。

在鋪著紅色地毯的會場大廳，非常不湊巧地，剛好在彼此都落單時遇到。

「哎呀！」

菜菜子一副無聊似地靠著牆，翻閱著活動發的簡介，正好發現到我從她面前走過。她以從容不迫的樣子，將臉轉向我。

「妳好。」我答道。

菜菜子身穿藍色洋裝。我的視線移到她露出的鎖骨線條。她雖然很瘦，但已不再年輕的肌膚缺乏彈性，看起來顯得窮酸。令人聯想到消瘦、青筋浮現的鳥。

這個大嬸。我心裡瞬間這麼想。

究竟是為什麼，會想要跟這種大嬸在床上纏綿呢？在鑲有大顆寶石墜飾的項鍊底下，那隆起的胸部顯得既真實又骯髒。

令我驚訝的是，明明發生了那樣的事情，她絲毫沒有露出異樣。就像第一次在室井的演奏會上見面時一樣，她用非常優雅的表情，露出微笑，「我聽說了喔，蘭花小姐。」她發出甜膩的聲音。

她那大紅色的嘴唇蠕動著。

「聽說妳已經找到在四葉商事的工作啦，恭喜啊。妳真的很優秀呢，不是只有長得可愛而已。」

「……你們是什麼時候開始的？」

「嗯？」

我瞪著菜菜子。並不打算陪著她一起演戲。

光是這女人知道我找工作的事，就讓我幾乎暈眩。我當然知道，她若無其事告訴我這些是別有用意。

我又再次被她看輕。

「妳和星近，是什麼時候開始的？」

「哎呀！」

我原以為自己先發制人了，但令人生氣的是，菜菜子的反應並不如我預期。她的嘴唇幾乎沒動，說：「妳就別管了吧。」

不過，就某方面來講，菜菜子比茂實還要愚蠢。正因為她徹底看不起我，所以就像她那天，走下大樓來一樣，輕率地承認了一切。「妳知道了，又能怎樣呢？」

「上次真是不好意思耶，嚇到妳了。後來茂實也跟我說了，叫我不要再做出讓妳不安的事。」

「……妳到底想怎樣？」

「妳是指什麼事？」

她不斷採取避重就輕的態度回應。一股白費唇舌的徒勞感突然壓在我肩上，我告訴她：「算了。」便打算離開，但菜菜子瞇起眼，又接著低語：

「喔？妳沒有戴那條項鍊耶。」

「什麼？」

「那條花的項鍊啊。我記得好像是百合花吧，在銀座買的喔。」

我的腦袋像沸騰般發熱。

茂實送我的項鍊，和她剛剛說的一樣。

是這個女人挑的。

那條讓我覺得品味很好而欣喜不已的項鍊，是茂實和這個女人一起去買的。難怪，他送的不是代表約定或未來的戒指，而是項鍊。

「一切都是我提議的。」

菜菜子得意地說道。就像是在嘲笑，無法說出一字一句，只能無力顫抖的我。

「其實，是我建議茂實找妳當女朋友的。」

我的腦中一片空白。

「因為他一直不交個固定的女朋友，所以我建議他，妳是個不錯的人選。因為我曾經聽他說，在他負責的管弦樂團裡，有個女孩子很漂亮，還是寶塚歌劇團演員的女兒。」

操控，這個詞從我腦後閃過。

我用全身的力量，去承受這個詞。

這個女人到底打算做什麼？我用一片空白的腦袋思考著。

接著，我膽怯了。回瞪著我的菜菜子，在她眼中浮現的並非從容或是藐視，而是強烈的憎惡。

她只是想要。

操控茂實。

我不知道他是何時被盯上的。不過，菜菜子想做的，並不是跟茂實上床，而是控制、支配他。

我想，學生時期的茂實，應該是相當天真、單純吧。

在他被自己尊敬的指揮家的太太，釣上鉤之前。

看著滿臉厭惡盯著我的菜菜子，我之前還洋洋得意地心想，她不過是個「大嬸」，現在連我都怨恨自己。總覺得，她會如此憎恨我，都是因為我之前心裡那麼想的緣故。

如果她還年輕，或許就不會發生這種事。

因為她已經青春不再，所以才要抓著年輕的茂實不放。

然後折磨我。

無論是茂實，或是我，都只不過是個巧合。菜菜子真正想做的，是要對所有只因為年輕，就自命不凡的人，進行復仇性的支配。

只要有這種人，菜菜子就不會罷休。就算我現在離開茂實身邊，她同樣又會為了自己，替茂實找一個新的女朋友，再繼續折磨她。

對她而言，只要在茂實身邊的人年輕貌美，就算那個人不是我也無所謂。儘管她如此憎恨我，但我對她而言根本一點都不重要。

「如果這樣做惹妳生氣了，那真的是很抱歉呢。……未來，還要麻煩妳多多照顧茂實了。」

菜菜子笑了。她就這麼帶著笑容，轉過身去。

雖然我心有不甘，想要反擊，但卻連一步都動不了，輕風吹來，就如同訕笑著我一般。在會場裡，這個溫暖的室內，明明還有許多其他的人，但只有我的身邊，籠罩著荒蕪的暴風與黑暗。

◆

菜菜子沒料想到的，就是茂實對我的感情，超乎她的想像吧。我陷入原地打轉的思考，不斷思索。

就連在聽演奏表演時，也持續思考著同樣的事情。

舞台上，茂實的模樣在鎂光燈下扭曲，他的臉也像打上馬賽克一樣歪曲模糊。茂實愛我比愛菜菜子還多。靠著這麼想，我才能好不容易地保持住理智。

對於似乎快脫離支配範圍的茂實，因為看不順眼，所以菜菜子才會出現在我面前。擅自出現，而且只是為了玩弄我們的青春。

明明被發現了之後，會有麻煩的是她，但她仍舊按捺不住，主動現身。

儘管我不斷這樣安慰著自己、告訴自己，心情仍舊沒有恢復。只是一直想著同樣的事情，也想找個人，說給他聽。

還沒找到工作的美波，正忙著求職，不過就算見了面，她也只是不斷重複說：「所以我不是早就叫妳跟他分手了嗎？」所以我不想找她聊。而她跟那個學弟男友，沒多久之後就分手了，還說：「在找到工作之前，我不交男朋友了。」

而留利繪則是選擇繼續升學。一般來講，美學美術史系的學生，大多在畢業後會想從事館員的工作，因而直接往上讀研究所。準備升學看起來很忙碌，但就算需要時間念書，也不會像找工作一樣，時間被綁得死死的，另一方面，她可能也是顧慮到我，常常邀請我：「如果沒事的話，要不要來我家吃飯？」

她很會做菜。自從我搬出來自己住之後，不是吃便宜的外食，就是和茂實約會，在現在這種時候，她給了我彷彿住在老家一樣的溫暖，是我很大的精神支柱。她做的並不是一口氣用到許多食材的料理，而是就冰箱裡有的材料，再稍微加上買回來的肉或魚，就能端出熱騰騰的飯菜，我一直很感謝她的用心。

「妳不交男朋友嗎？」我曾經這麼問過她。若是每天都可以吃到這樣的料理，我想她的男友也會覺得很幸福吧。

留利繪很誇張地搖頭說：「啊……交男朋友這件事，我已經放棄了。」她似乎不是沒交過男朋友，她曾經告訴我，對方用很過分的方式甩了她。或許那也變成她的陰霾了吧。

「我已經嘗過苦頭了。」她接著說。

她有些害臊地笑著說：「不過，我有幾個女生朋友都說：我如果要結婚的話，一定會選留利繪。」

因為男人而遍體鱗傷，會因此對女生朋友開玩笑說：「如果妳是男的就好了。」那種心情，我能夠理解。

我自己也搞不懂，為什麼會這麼喜歡他，又為什麼會這麼不願意失去他。我想了好幾次，明明只要不愛了，就可以分手的。

跟留利繪或美波聊著自己喜歡的話題時，真的很開心，瞬間會忘記去想茂實，但這個時候只要他打電話來，我就會馬上接起來。我甚至覺得，跟她們開心聊天，只是為了填補他不在我身邊的時間罷了。

與茂實的親吻、擁抱，也是如此的甜美。

留利繪喜歡的指揮家來日本舉行公演，我請茂實拿到了公開演練的票。這個公演非常受歡迎，正式的公演當然不用說，就連總彩排的門票也一票難求，茂實說：「如果妳們不介意是公開演練的話，我可以幫忙。」就幫我們拿到了票。

他說那個樂團中有他認識的團員，他當場用英文溝通，那樣子既耀眼又具魅力，儘管在菜菜子的事情爆發後，他在我面前不再像以前那麼努力整理、維持他的頭髮和鬍子，但我仍舊深深被他吸引。
我和留利繪照著茂實說的，在練習開始前一小時，就到了會場休息室門口，我們在那裡遇到了一位禿頭、有著宛如軟綿白雲般的白髮，氣質出眾的德國男人。他用英文問我：「茂實沒有跟妳們在一塊嗎？」我緊張地用著不太擅長的英文向他道謝，並且向他介紹留利繪是我的朋友。介紹完後，留利繪接著告訴他自己之前去看過某次公演，以一口流利的英文侃侃而談。
正式公演時絕對座無虛席的展演廳裡，此時不但有空位，還可以看到穿著輕便牛仔褲、運動上衣的團員們一邊等指揮，一邊調音。看到如此珍貴的畫面，內心因此激動不已。
樂音雜亂地此起彼落，儘管只是在練習，我耳裡所聽到的樂聲，仍舊是澄澈美妙到令人難以置信。
「蘭花，謝謝妳。」
留利繪的眼眶濕潤。
「明明還有很多人也會想來，但是妳卻只邀請我來見識了這麼棒的場面。」
「沒那麼嚴重啦。雖然我的確有拜託星近認識的人幫忙，但是公開演練一般也會刊登在報紙上，開放報名啊。」
而且只是我不知道而已，只要仔細注意，開放參觀的報導還滿常見的。不過，極為感動的留利繪，用力地搖著頭說：「怎麼會。」

「我真的很開心，謝謝妳！」

踏入職場的那一年，我開始和留利繪一起住。

留利繪的畫家父親，和長期合作的畫廊起了糾紛，徹底撕破臉，她淡定地說：「我爸沒工作了。」我則是不知道如何反應。她頑固的父親，似乎決定暫時不再作畫，但留利繪只冷冷地說了句：「如果被那家畫廊放棄，根本就不會有人要買我爸的畫。」

就在這個時候，媽媽提議：「留利繪，畢業後要不要就跟蘭花一起住啊？」

為茂實所困的事，雖然我沒跟媽媽提過，但有段時間我搞壞了身體，人也瘦了一圈。可能從我的樣子察覺到了什麼吧，媽媽來住處找我的次數也增加了，因此常遇到留利繪。媽媽知道既認真，看起來不愛玩的留利繪，常常會做飯給我吃之後，似乎就很喜歡她。

好不容易考上了研究所，留利繪的父母卻沒辦法幫忙付學費，媽媽一方面也擔心她，於是建議：「妳們就一起搬到大一點的地方吧。如果是跟留利繪一起住，蘭花也比較放心，房租我也會幫忙的。」

對於我後來不再把茂實帶回家，媽媽並沒有直接跟我說什麼，但有一天，她突然問：「是不是我當初多嘴害的呀？」

「媽媽是不是不應該要妳上了大學，就去找個人交往呀？」

「媽，妳在說什麼啊！」

我避重就輕地帶過。實際上，我因為聽媽媽的話而交往的人，是跟我同學院，連長相我都想不太起來的男生。茂實，是在那之後才交往的。

又或許媽媽是心想，只要跟留利繪在一塊，我就不會再因為茂實，而繼續沉淪下去吧。

有時候，媽媽會用認真到有些滑稽的表情問我：「妳有沒有避孕啊？」讓我大吃一驚。「有啦。」我回答後，媽媽又說：

「現在避孕藥很便宜，妳要懂得好好保護自己喔。」

「所以妳不信任茂實囉？」

「話也不是這麼說啦。」

媽媽低著頭，接著說：

「畢竟妳就只有過這麼一個男人，媽媽擔心妳啊。我當初叫妳要多去體驗，也不是指這種事啊。」

「才不只一個人呢！媽，妳這樣講太失禮了吧？」

我雖然打馬虎眼地大笑，但總覺得早被母親看穿，而感到慌張。

踏入職場，全新的世界在我眼前展開。

在公司這個地方，有許多不同於茂實的大人，而且，跟這些大人比起來，儘管茂實和國外優秀的管弦樂團共事，但我認為他仍舊算是個小孩子。對他而言，這麼說可能很過分，但就只是因為他們從很久以前就認識，到現在還會在意何謂藝術，又在意自己是否受到誰的寵愛，再加上像他這種，會被那樣的大嬸纏上的男人，我認為是因為他輕率、幼稚。

之後，來自異性的邀約急遽增加。我不認為是我自作多情。無論是同事、前輩，有時還有已婚的上司、工作上認識的人，從眼神中可以看出他們對我的好感，甚至對我展開明顯的追求。

儘管如此，還是沒有。

比茂實更俊美，獨具魅力吸引我的人。一個也沒有。

菜菜子的身影和氣息，仍舊纏繞在茂實身邊。

在那之後，我就不曾直接見過那個女人，茂實也沒在我面前提起過她的名字，但是，我就是有這種感覺。

有時，我心中會突然浮現一個想法，是不是我那像是吸取甜美花蜜般，從茂實身上獲得的幸福，如今已消耗殆盡？只要想起這件事，腦中的思緒就會如泉水般湧出，直到滿溢胸口。

「就分手吧。」這麼對我說的人，不只是美波，就連留利繪也開始勸我。

有一回，我不知道又是第幾次，因為菜菜子的事而哭泣，隔天早上，留利繪跑來跟我道歉：「對不起。」

「我打電話給茂實先生了。」

我睜大了眼。聽說留利繪是在大學擔任首席時，和茂實留下了彼此的聯絡方式。在她那充滿著正義光輝的眼神裡，絲毫沒有一丁點的黑暗。只有正面的光芒。

「我問他，蘭花正在哭，為什麼不打電話給妳？」

「星近他怎麼說……？」

我慌了。要是茂實不再跟我聯絡，那該怎麼辦才好？……如果他嫌我給他的壓力太沉重，提出分手的話，又該怎麼辦？留利繪對著狼狽驚慌的我說：

「他跟我說，他晚一點會再打電話給妳，叫我不用擔心。但是，他講話的口氣非常輕鬆，一副不覺得事情有像妳想得那麼嚴重的樣子耶。」

留利繪顯得不悅，但相對於她的口氣，我反而覺得鬆了一口氣。既然他並不認為事情很嚴重的話，那麼一定還有復合的機會。

「是嗎，謝謝。」我道謝後，滿腦子在想著要打電話給茂實。那天下班後回到家，在吃晚餐時，留利繪對我說：「老實說，我真的搞不懂。」

我納悶地問：

「什麼事情？」

「妳明明這麼聰明，講話也很風趣，為什麼會對他那種人這麼執著啊？……其實，今天早上一跟妳說我打過電話給他，看妳好像打擊很大的樣子，所以我今天一整天都在想這件事。」

我不知道該說什麼才好。

雖然對她不好意思，但我不禁心想：喔，那是因為妳不懂男人啊。

諷刺的是，也有些真相，是我到了這個地步才發現的。為什麼像茂實這樣的人，無論過了多久，都無法跟菜菜子那種大嬸斷絕關係呢？

說不定，那是因為茂實所有的「第一次」都是菜菜子的緣故。

就像我對茂實所懷抱的情感一樣。

那陣子，茂實正式將工作轉移到國外，因此跟我見面的時間減少了，我也日漸消瘦。我的脖子、胸口、臉頰瘦到骨架都露了出來，對於這病態的消瘦，還有人對我說：「妳變漂亮了耶。」如此諷刺，連我自己都感到悽慘。有人說這種美，就像是璀璨綻放的花朵即將凋謝的前兆，我覺得這就像是在說我對茂實的感情。在國外，茂實應該是和室井夫婦在一塊。光是想到這一點，我就覺得快要發狂，儘管如此，回國的茂實總會對我說：「我快受不了了，我好想妳。」然後比平常還要激烈地跟我上床。在這時期，我開始經常進出他的住處。我總是下意識地找尋是否有菜菜子留下的痕跡，儘管對此感到疲憊不堪，但我仍然無法克制住自己不要去。

我曾聽過好幾次，身邊有些女人討厭被男人束縛，她們這樣的想法，我無法理解。茂實會用舌頭仔細舔著我的身體，想從我身上找尋，在他不在我身邊的這段期間，是否有男人的氣息，或是有其他男人留下的痕跡，這樣的他，仍舊令我愛戀不已。

茂實的美，就像是幾乎熟成，飽滿到快要爆開的果實，如今已像是即將因熟透而掉落般危險。

若是茂實的魅力即將腐壞，無論天涯海角，我都想與他一同墮落。我們應該會一起盡情散發腐敗的氣味，一點一滴地攜手走向腐朽吧。

「你不要再跟菜菜子太太見面了。」

「我不是說過，我沒有嗎？」

我們重複著毫無意義的對話。我很喜歡聽他叫我「蘭花」。就算已經有過無數次，我還是覺得跟茂實上床好舒服。他也一如以往，像是要毀掉我似地激情搖擺。在他的臂彎裡，我大概一直在等待，等著菜菜子總有一天會因為時間、命運或是其他因素而離開。

我想和他結婚。

如果唯有婚姻，才能使我的人生被他束縛，那麼我想跟他結婚。無論是誰反對，我都想和他一起走下去。這樣俊美的男人，未來指日可待的有為指揮家，要成為他太太的人非我莫屬。唯獨這一點，是菜菜子辦不到的。

然而，但是……。

儘管我想像了我們之間會腐朽殆盡，但是，茂實並沒有繼續和我一起墮落。

在我大學畢業一年後。

茂實並非腐敗，而是像失去了水分般乾枯。突然之間，他像是被人一手連根折斷一樣，他失去了僅有的地盤，原本應該有的成長，以及所有的一切。

那是因為，他和菜菜子的事情，被室井發現了。

深夜，來到我住處的茂實，嘴唇發紫，不斷顫抖。

我從未看過眼睛如此凹陷的人，就連他的輪廓，也像在一夜之間全變了樣。

他並沒有提到是因為菜菜子，只說：「我惹室井先生生氣了。」實際上，他也不知道到底發生了什麼事。只要不是在寢室撞見就好。希望不是那個女的又下樓來，問：「哎呀，你還好嗎？」我忐忑不安地擔心著。

明明我應該是很擔心的，但是我的心情卻異常的冷靜。

蘭花，蘭花，怎麼辦？我該怎麼辦？

淚眼婆娑，狼狽不堪的他，抱著我的腰。而我只是一邊說著：「冷靜一點。」一邊摸著他的頭。從口中說出的「冷靜一點，放心，沒事的。」的聲音，像是機器似地不斷重複。

茂實哇地一聲，大哭了起來。

「怎麼辦？蘭花。一切都完了。」

沒錯，一切都完了。我如此心想。

這麼一來，我就再也不會見到菜菜子，包括室井在內，還有所有當時認識的那些有氣質、格調的人，都不會再見面了吧。菜菜子和茂實的事情，她先生究竟是如何發現的？接下來菜菜子和室井之間會變成怎樣呢？雖然是出於看好戲的好奇心，但那絕對不是身為當事者會有的情緒。雖然我很想知道，但我跟那些人已經沒有任何瓜葛了。

我和菜菜子，再也不會見到面了。

我感到開心。因為這就是我一直以來不斷祈求的。我忍耐著沒有向室井告發他們的事，為的就是這一天啊。如果我當初告訴了室井，茂實因此討厭我，那麼我就會失去所有，就是考慮到這一點，我才會沉默到今天。

「好可憐喔……。」我抱著茂實的頭。

我再熟悉不過的男人，頭髮是如此柔軟，即使像這樣嚎啕大哭，他的柔和氣息依舊溫暖著我。

「乖……。」我撫摸著茂實的耳朵。

就算不再是指揮家也無所謂。

就算這個人不再是受寵於室井、備受期待的指揮家也無所謂。

我喜歡的人是茂實星近，就是他。

深夜，茂實哭著來找我的那一天，同住的留利繪說：「還是我出去好了？」雖然感到很抱歉，但也只能麻煩她。我們住處附近，有一間二十四小時營業的家庭餐廳，平時留利繪讀書的狀況不理想時，會刻意換個地方寫作業。

因為我總覺得，把男朋友帶來兩人同住的家裡不太恰當，所以之前我幾乎沒有讓茂實進來過。

就算他來了，也只是睡覺。

茂實抱著我哭，我也給了他安慰、回應，我看了一下他的臉，儘管他再怎麼疲累，他的臉依然完美。

在他去沖澡的時候，有人打電話給他，不知道究竟是室井打的，還是其他相關的人，只見他慌張地說：「對不起，蘭花。我再打給妳。」就匆忙離開了。他大概會有好一陣子的時間，都得忙著努力修復和室井與其他人的關係吧。「如果有我幫得上忙的地方，記得告訴我。」我這樣告訴他，並送他離開。

他回去之後，我打了電話給美波。這段期間，我又變得比較常和美波聊茂實的事。

她以低空飛過的成績，錄取了她最想從事的媒體工作，現在是戲劇雜誌的編輯。當美波確定找到工作，留利繪趁她不在場的時候，非常生氣地說：「明明從來沒聽說過她喜歡戲劇！」

一直到快天亮，我和美波還在講著電話。

「還是妳乾脆跟他一起到國外去好了啦。」

美波這麼說。

「這下子，茂實先生那跟室井先生有關的工作，應該全都泡湯了吧。所以，小蘭妳也把工作辭了，跟他一起去國外，這是最好的選擇，不是嗎？」

「可是我當初也是拚了命，才進了現在這家公司耶。」

雖然我嘴巴上這麼說，嘴角卻浮現笑意。

在我們聊著這些話時，我聽見玄關有門鎖轉開的聲音，於是慌張地掛斷電話。我到玄關查看，發現是留利繪回來站在那兒。我先向她道歉。

「妳回來啦。……昨天，真的很抱歉。我沒有想到他會突然過來。」

「那沒關係啦。但是……。」

留利繪話說到一半，看向我手上的手機。

「美波嗎？」她問。

「嗯，對。」

「妳打電話給她？」

「嗯，畢竟是好朋友，一直以來也都會找她商量這些事。」

「有件事，我必須要告訴妳。」

留利繪露出苦思的眼神，接著又重新看著我。我以為她是要責怪我把茂實帶進家裡來，所以不禁先道歉：「對不起。」並做好心理準備。

但是，事情並非我所想的那樣。

「妳是到最近，才又開始像平常一樣提到美波的名字吧。」

「什麼？」

「終於又開始聽到她的名字了。沒什麼事，只是想說一下。」

「喔……嗯，對不起。」

「另外，還有茂實先生的事。」

留利繪的眼神看起來很緊繃。

既笨拙又認真的她，我感覺得到她是帶著沉重的決心，一定要把事情告訴我。

「我認為，是該分手了。」她說。

聽她這麼說，我也有些不知所措。

不是因為茂實的事情，而是留利繪和美波。

這麼說來，雖然到目前為止，我經常聽到留利繪批評美波，但從來不覺得她們之間的關係有這麼糟。

她們倆打從畢業之後，就一直是完全不聯絡的絕交狀態。這件事，我是過幾天後，才從美波口中聽到的。「我也不知道為什麼，但她就是討厭我。」美波說。

「不過我滿驚訝的耶。樂團裡的人，對這件事都特別謹慎小心，小蘭妳都沒發現嗎？」

「對不起，我太遲鈍了。」

說實在的，光是和茂實之間的事，我哪還顧得了那麼多。

「不過，沒差啦。」美波的笑容沒有半點虛假。

「我就是喜歡妳這一點。」

我想起美波以前曾經說過，她喜歡我「很客觀」。我和她絕交的朋友住在一起，對此並不介意還繼續跟我見面的美波、跟我同住的留利繪，以及繼續和她們做朋友的我，我總覺得我們三人都具有她那時所說的「客觀性」，不過後來仔細想想，或許那是因為我們之間都是女生朋友的關係。

美波說她最近因為採訪工作，一直待在歌舞伎座，長時間坐著導致腰很痛。

「裡面有我寫的第一篇報導，如果不嫌棄，可以看一下。」她把雜誌拿給我。我說了聲「謝謝」收下雜誌，回到家後，為了不讓留利繪看到，所以把它收到衣櫥的最深處。

在那之後，過沒多久，美波結婚了。

對方是她因為工作認識的導演，我向媽媽提起這件事，媽媽吃驚地說：「我很喜歡那個人的戲耶！美波很厲害嘛。」媽媽的朋友當中，還有人是現在仍舊很活躍的女演員，聽說她們也都很希望能有機會和那位導演合作。

我聽過他的名字。

還是學生的時候，留利繪邀請我一起去看舞台劇。雖然她看起來並非特別喜歡那齣戲，但我記得當時我們還很熱血地談論「這個部分很棒！」、「那個地方的表演……」等等。

美波結婚的事情，我並沒有告訴留利繪。不過，不知道從何時開始，她的書架上，唯獨不見當時那齣舞台劇的場刊。

看著留利繪發呆看著窗外，似乎心情低落地不發一語，我靜靜地倒了飲料，像個笨蛋一樣找她聊著無關緊要的話題。還做了飯。

這些，全是在我因為茂實而苦惱時，她為我做過的事。

留利繪的世界，依然保持潔癖、乾淨。她並沒有對我說誰的壞話，只是，有時候她會在令人不解的時間點，好像想起了什麼事，進而陷入其中。

「美波還是學生的時候，幾乎沒有看過那個人的戲劇吧？」

她開口這麼說。我因為也不太清楚，便回她：「嗯，沒有聽她說過呢。」

留利繪不可侵犯的領域，就像是被她最討厭的人給踐踏了，這一點我可以理解。……但是，我在內心反駁她的真心話，應該是到死都不可能說出來。

無論從何時開始關注對方的專業、喜歡對方的作品，這種高尚的事情，在愛情面前，是一點價值都沒有的。

顧及到我和留利繪之間的友誼，雖然我想這麼說，但仍選擇了沉默。

◆

在這兩年來，我才清楚發現到，實際狀況比我想像來得嚴重許多。

首先，茂實似乎不打算跟我結婚。

當時也不是談這種事的時候。

打從菜菜子的事情爆發後，直截了當地來說，茂實根本就是被晾在一旁。出人意料的是，茂實被過往所處的領域冷落、忽視，並且從那個世界給踢了出來。

茂實每次出國總是說：「我只是單純去幫忙而已。」那並非謙虛或其他意思，狀況就真的如同他所說的一樣。

茂實的工作，名義上說是拜師學習，但其實不過是在幫忙室井打雜，還有充當隨行人員罷了。如果沒有室井從中引薦，幾乎沒有工作會直接來找茂實，在這種情況下，他還搞上了室井的太太，這件事瞬間就在業界裡傳開。儘管錯的人是菜菜子，儘管打從一開始最樂在其中的人也是她，但只要室井把菜菜子擺在自己身邊一天，她仍然是他的「妻子」。也不會有任何人站出來說那個女人的不是。只不過，再也不會有工作落到茂實身上罷了，僅只如此而已。

在指揮家的世界裡，年輕有為的人才輩出。

只要出國去就好了。這種天真又單純的想法，早已不成立。

一眼就能看出，茂實變得狼狽悽慘。他的眼神失去了過往的朝氣，可能因為工作驟減的關係，他開始頻繁地來我和留利繪的住處找我。

我告訴他因為留利繪在家的關係，希望他不要經常過來，當我強調這一直以來維持的底限時，他很明顯地露出不滿的表情。

後來，茂實離開了當初我撞見菜菜子的高級公寓大樓，搬到了一間便宜公寓，儘管如此，他似乎還是不想從事音樂以外的工作。跟之前住的沿海高級公寓相比，截然不同的便宜公寓，事到如今，竟然還挑了個離我很近的地方住。那裡和我的住處，相隔兩站，但他的公寓卻又離最近的車站很遠，茂實說：「走這裡是為了抄近路。」領著我走在滿是垃圾、宛如廢墟的髒亂天橋。我帶著悲慘的心情，跟在他後頭。

茂實說他想回去學校當學生樂團的指揮，拜託我這個畢業生幫他引薦，但是他早已離開學生樂團許久，而且樂團已經有別的指揮負責，也順利地在練習。

我不喜歡他厚著臉皮拜託我這種事，所以當我說出：「那是學生樂團耶，你不需要去做那種工作啊。」那一晚，茂實第一次對我出手。

他狠狠地甩了我一巴掌。

「不然，妳倒是替我想想辦法啊！」因為聽到茂實的怒吼聲，留利繪衝到我的房間來，要是她沒有過來，真不知道接下來會發生什麼事。我慶幸自己現在跟留利繪住在一塊，同時也感謝媽媽當初的建議。

更令人難受的，是當平野要舉行演奏會的時候。

那個單方面將茂實視為對手的鋼琴家。「可惡！」茂實將他的演奏會傳單揉成一團，朝牆壁丟去。

那是個租下小小市民會館舉辦的聖誕節演奏會，我認為像茂實這樣的人，根本不需要去找他的碴，所以安撫他：「冷靜一點。」

平野不知何時傳來了訊息，我還曾經嘲笑他，明明都是男人，還傳這麼噁心的內容，但是，現在的茂實，卻好像要用盡全力來回覆一樣，氣憤地說：「我要打電話給平野。」

「他根本是在挖苦我，絕對是挖苦！說什麼邀請我去，他根本只是想要炫耀給我看而已！」

「沒有這回事啦。這跟你一直以來所做的比起來，只不過是場微不足道的演奏會啊。」

男人的友情薄如紙，總歸一句，差別就在於自己是否有所成就。我真不想看到他這個模樣。

平野對茂實那種異常的執著，並非只是他單方面而已。同樣地，我眼前這個人也將他視為站在同一戰場上的對手。茂實像是已經放棄努力去理解我說的話，斷章取義並且唾棄似地對我說：

「只是場微不足道的演奏會，還真是對不起啊。」

我茫然地聽著他這句話。

還有一次，我回家時看到留利繪獨自坐在昏暗的客廳裡。她雙眼充血，一臉生氣的樣子。

「怎麼啦？」我問道，她說：「茂實先生剛剛來過了。」

「我被他罵了一頓。」

我帶著內疚與羞愧，只能不斷向她道歉：「對不起。」接著，她回我：「這就算了，但到底是為什麼啊？」

我沉默地抬起頭。「為什麼妳會喜歡那種人？」她接著說。

「我最近常在想，要是茂實先生能主動跟妳提分手就天下太平了。為什麼妳偏偏喜歡那種無可救藥的人啊？」

對不起。我只能一直重複這幾個字。

帶著悲慘的心情，我不斷道歉。

留利繪似乎反而被我這些話觸怒了神經，她接著說：

妳必須承認自己其實樂在其中。

「蘭花，妳一點也不可憐。」

留利繪皺起眉頭，說出這番話的同時，她自己也很受傷。因為她為了我，說出了她的真心話。

「無論我或其他人怎麼反對，妳還是執著於茂實先生，這並不是因為妳人很好，也不是因為妳對茂實先生言聽計從。這一切都是為了妳自己的慾望。儘管妳說妳喜歡他，『喜歡』難道就是全世界最重要的嗎？其實，這一切都是為了妳自己的快樂和慾望。但這同時也在折磨妳身邊的人，妳應該也很清楚吧？」

無論他人如何費盡唇舌，告訴我怎樣的大道理，儘管我知道這些高尚的事有多麼陳腔濫調，但這一切，都比不過茂實對我撒嬌的哭聲。

當他哭著喊我的名字，還有他觸摸我，那種舒服的感受。我不知道該如何向留利繪說明，只能不斷「對不起，對不起」地反覆道歉。

我自己當然也想過，只要不喜歡他，就有辦法分手。

那陣子，從美波還有其他朋友口中，經常聽到「結婚」這兩個字。而我也開始羨慕了起來。

我不斷思考，為什麼我還沒能踏上結婚這條路？我到底是哪裡做不好了？

學生時期，我和茂實是大家眼中閃耀的星星。然而，現在和當初樂團的人見面時，大家幾乎都不想再聽我們的事情。

聊天的話題，已經被當初那些晚開竅，如今出社會有了新邂逅的人，以及她們的對象給搶走了。大家似乎已經不再對茂實和我的事感興趣。

我也曾經想過，這究竟是為什麼？

為什麼大家沒有發現茂實的美？明明和茂實比起來，妳們那些平庸的男朋友根本差遠了。為什麼，大家能夠因為一個不俊美也不特別的對象，就此滿足了呢？

◆

沒有工作的茂實，沒多久就開始向我伸手要錢。

儘管我是茂實的經濟來源，但他對我絲毫沒有一點感謝。明明我也沒有特別在意或計較，但他的態度，就像是在說我從還是學生時，都是他請我吃飯，幫我付計程車錢，如今換我回報他是理所當然。

當我和同事乙田去拜訪客戶時，偶然遇見了媽媽和她的朋友。

乙田是小我一歲的後輩，有著一張娃娃臉，像個小動物一樣，長得很秀氣，雖然有時會有點粗心，但做起事來很認真，而且很投入工作。他笨拙地不斷問我問題，一邊說著：「不好意思，一直來請教妳。」而我看他手上做的筆記，全是我教他的事情。

媽媽和朋友在表參道的咖啡廳裡。她叫住我們，媽媽的朋友們既美麗又有氣質，乍看之下會讓人誤以為是在拍攝雜誌，她們叫了一聲「蘭花！」用著彷彿全世界的幸福都降臨在她們身上般的聲音，對著我笑。

看到乙田後，媽媽偷偷地對我說：

「哇！很帥耶。媽媽我喜歡他的長相。」

既笨拙又遲鈍的乙田，不知所措地笑著對她們說：「前輩受各位照顧了。」看到這一幕，我心想：啊，原來如此，這輩子第一次有了這樣的想法。

如果對象是他就可以。

我就有辦法成為他「第一個女人」。
就像是，菜菜子之於茂實。
就像是，茂實之於我一樣。
我能夠成為那個讓他執著、這世上獨一無二，命中註定的女人。

但我並沒有要採取行動。
我也不打算這麼做。
腦中閃過的甜美幻想，就只有那麼一瞬間，溫暖了我的雙肩，但也僅僅如此。

「其實妳想跟我分手吧？」茂實試探地問我時，「為什麼我會想跟你分手？」雖然我笑著回答他，但我的臉頰卻微微顫動。
茂實彷彿就在等待我顫動的那一瞬間，一副絕對逃不出他雙眼似地，他在我的面前，拿出他的手機。
在我納悶的同時，我眼前的畫面中，顯現出紅色的房間。
在紅色的房間裡，有個白色的東西在擺動。還可以聽到細微、壓抑的氣息。喘息聲愈來愈大。
明明我就坐在這裡，但從畫面的另一頭所聽到的，竟然也是我的聲音。宛如浮在年糕湯中白嫩年糕般的身影，被挽在一個男人臂膀中。「我還要。」發出聲音的人說。「我還要。我快不行了，不要停，拜託！」聽到這些老掉牙到令人驚訝的字句，我的耳朵熱了起來。

在毫無心理準備之下，從旁看著自己的腰，並沒有比我平常在鏡子前看到的來得細。突然看見自己那個模樣，覺得比看別人的還要令人作嘔。

在床上呢喃的私語。還有，對此有所回應的我。

戰慄，如果有這個形容的話，我想那就代表了我現在的心情。我聽見彷彿玻璃吱嘎作響的聲音。我的心，也正在吱嘎作響。

茂實給我看的，是我們上床的畫面。

「你拍的？」

對於還能發出聲音，自己都感到不可思議。那根本不像我的聲音。喉嚨都乾了。

我突然伸出手，想要按下停止播放的按鈕，但茂實的動作，像是很開心似地將手機藏了起來。從他的手掌中，依舊傳來影片中的聲音。我實在不想再聽到自己那彷彿哭泣、悲鳴的喘息了。「快把它關掉！」我大喊著。這是我第一次對他大吼。

「我是不會答應跟妳分手的。」

茂實說。

一直以來，我從沒說過我想分手。我一直很喜歡他，愛著他。

但是，他卻不相信我。

「如果妳要分手的話，我就把影片公開。寄給妳朋友，寄到妳公司去。妳最好自己想清楚。」

「我根本就沒說過我想分手啊！」

儘管腦中一片混亂，強烈的憤怒與恥辱貫穿腦中，我仍閃過一絲想法。我對眼前這個可悲的人，深感同情。他這麼不想要失去我嗎？他對我執著到這種程度嗎？儘管腦中知道這是極為卑劣的行為，但我卻連出手揍他都辦不到。

「我很害怕啊，蘭花。」

說出這句話的茂實，眼神是死的。這反而讓我更加恐懼。其實，他只要抱著我，對我哭訴，讓我知道他非我不可就好了，但他卻讓我覺得他的心根本不在這裡。憔悴地說出那句生硬的「我很害怕」，但他的嘴角，卻浮現出笑容。

我一邊顫抖，一邊回想剛剛他給我看的影片。那紅色的房間，並不是茂實現在住的公寓。而是在我之前見到菜菜子的那棟高級公寓。從攝影機的角度來看，當時是架設在高處。大概是為了不讓我發現，特意拍下來的。

那已經是好幾年前的事情了。

帶著失望的心情，我問：

「你為什麼要拍這種東西？」

當時的茂實不同於現在，是個有著大好前途的青年指揮家。根本不需要像現在這樣來威脅我。難道是我一直以來都不知道，自己的男朋友是個會把上床畫面拍下來收藏，有變態性癖好的人？儘管他受到如此大的打擊，還是這麼愛我嗎？還是他當初出國時，會把這影片拿出來看嗎？雖然心情很複雜，但我依然試圖在心中尋找平靜。

此時，他開口說：

「因為我聽說，最好是拍起來以備不時之需。」

我緩緩地抬起頭，看著茂實的臉。他的眼神依舊混濁，藐視似地盯著我看。

「因為有人說，總有一天我會正式到國外發展，或是想跟妳分手的時候，這影片就能派上用場了。」

心臟的跳動愈來愈快。心想，就連呼吸……。

就連呼吸都要……。

再這樣下去，我就要不能呼吸了。我就要吼叫出來了。

茂實笑了。用著他那張天真無邪、少年般的臉龐，笑了。

「雖然我不相信會有那麼一天，但是，畢竟未來的事情很難講，所以想說以備不時之需，就拍了。不只這個影片，其他還有喔。」

「是菜菜子太太吧？」

茂實沒有回答。只是一直露出淺淺的微笑。我大吼著：都是菜菜子太太吧！能說出這種鬼建議的人，只有她。

去死！去死！我希望她趕快去死一死！

我無法置信，她如此折磨我，竟然不是因為我的關係。對於菜菜子而言，恐怕我連個名字都沒有，我只不過是她利用茂實在玩的玩具罷了。

儘管菜菜子已經離開他的身邊，所有她操控所留下的痕跡，竟然還要繼續這樣折磨我嗎？

換個角度來講，我想應該沒有比這還要諷刺的了。

總有一天，當茂實要展翅高飛時，為了避免女朋友成為絆腳石，所以她才給了這樣的建議吧。但是，已經沒有茂實能展翅的未來了。他已經失去了大好的前程。

菜菜子唆使他拍的影片，現在除了用來束縛住我，沒有其他任何功用。只能用來毀掉我的將來，讓茂實成為我的絆腳石，除此之外已別無他用。

我腦中正在想的，使我的背脊不禁發涼。但現在，我確實是這麼想的。

茂實，已經沒有所謂的將來了。已經沒有大好前程了。

大學一年級，夏季集訓時，他第一次在我面前，舉起他用來指揮的手臂。

他在大家面前，以端正的站姿說：

「今年也來到了這個季節，我感到很開心。」

對於他這句「也來到」的刻意說法，一些學姐開始竊笑。當時的空氣中，充滿了喜歡他、希望能成為他萬中選一的那個人的想望，那就宛如花香一般，甜膩包覆在茂實的身邊。

只要回想起那一天，我就能感受到耳後的輕風吹拂，還有因刺眼的橘色燈光而睜不開的雙眼。

我，曾經很愛茂實。

◆

……茂實星近死了。一開始我是從警察那裡聽到消息的。

接收到這個消息，我感到難以置信。

出現在玄關，看似刑警的人，一共有兩位。我心想，這跟電視上演得一模一樣，又或者是誰刻意照著電視上的場景，假扮成刑警了嗎？那麼我是不是也會出現在電視劇裡呢？我感到很不真實。

因為，如果我不這麼想，我根本就無法好好站在他們面前。

當時，我才剛回到家。

我搖搖晃晃地坐下，接著，刑警叫了我一聲：「一瀨小姐。」明明才剛見面的陌生人，為什麼他會知道我的名字？這並不是什麼遊戲或是夢境。……像是要告訴我已經無路可逃似地，現實的聲音、光線一口氣全都回來了。

昨天晚上，茂實在他住處附近的天橋上摔了下來。但是，他並非在摔下時就馬上被發現，而是到今天早上才發現他的遺體。

那是從車站走往茂實住處時會經過，那有如廢墟、滿是垃圾的地方。天橋底下是條水道，本來好像還有水在流，但如今已經乾涸，只有人家丟棄的腳踏車散亂在那。說這裡是「抄近路」，帶著我走的茂實，我每次總帶著複雜的心情，凝視著他的背影。

那是個狹窄又冷清的地方。

「是自殺嗎？」開口詢問的人，不是我，而是留利繪。

因為擔心臉色難看、看起來就快倒暈倒的我，於是她從裡頭幫我倒了杯水。她請兩位刑警到飯廳的桌邊坐下，端了茶給他們。她握著我的手。

不過，我的手不停發抖，甚至感受不到留利繪手的溫度。她像是要掩飾我的顫抖，緊緊地包覆著我的手。我對她的那股力量感到吃驚，她努力地鼓勵著就快要哭出來的我。

茂實，死了……。

「天橋的欄杆，有一部分已經壞了。好像本來就有生鏽，變得很脆弱。可能是意外，也可能是……。」

刑警的話有些遲疑。

「我們也懷疑可能是自殺，正在進行調查，不過因為天橋不是很高，所以目前很難判斷。畢竟現場並沒有留下遺書，雖然結果是死亡，但若要說是自殺的話，那裡是不是個適合尋死的地方，這又有待商榷。」

出現了好多次「死」字，我幾乎頭暈目眩。我將留利繪拿給我的小毛巾壓在嘴上，閉起雙眼，他們見狀才說了句：「抱歉。」

「如同剛剛所說的，那欄杆已經很老舊脆弱了，現在不知道茂實先生是不小心摔下去的，還是他扶著欄杆要跨過去……總之，目前在想可能是有外力造成。還有，也可能是被推下去的。」

「那麼……。」

他是想問，茂實有可能是被誰推下去的嗎？我的臉色逐漸蒼白。另一位刑警開口說道：

「還有一點，我們在茂實先生的身上，找不到他的手機。我聽說他應該是使用智慧型手機的……。」

「智慧型，手機……。」

我重複這句話。

我的嘴唇瞬間乾了。茂實給我看的，在紅色房間裡的影片。他的智慧型手機裡，有我的那個影片。我的影片還留在他的手機裡。光是一想，我的雙腳就無法動彈，頭也暈了。「沒有發現他的手機嗎？」我問。我的內心非常激動、慌亂。刑警回答：

「在他跌落的現場，還有他家都沒有找到。但因為目前還在搜查當中，也許會在某個地方找到也不一定……請問妳知道可能會在哪裡嗎？」

「我不知道。但是，這到底是為什麼？」

如果可以，我希望那影片不要被任何人看見。手機到底跑到哪裡去了！

刑警像在追打似地，繼續詢問茫然的我：

「有證詞指出，昨天晚上，在那座天橋附近看到像是一男一女的身影。」

在看懸疑片時，刑警針對相關人士都會一一懷疑對方的說詞，用著銳利的眼神盯著對方看，但是現在在我面前的刑警，態度很正常。他們反而是顧慮我的心情，很有禮貌地說：「好像問了讓妳感到不舒服的問題，真的很抱歉。」他們那愧疚的神情，甚至讓我覺得他們值得信賴，而且會保護我。實際上，我就像是隨時都會暈倒一樣，我只是，還是感到相當難以置信。

「因為天色昏暗，所以不太確定，但聽說有人遠遠看到疑似茂實先生的身影，還有一名身形比他小的女性。請問那個人是妳嗎？」

「……不是。」

我搖了搖頭。無法用力，脖子就像用紙做的玩具人偶一樣搖晃。

在茂實身邊，除了我和菜菜子之外，並沒有其他女人的跡象。但是，打從室井的事情發生後，他在平時生活中，無論對方是誰，他都變得更容易激動、動怒，因此好像也常惹來一些紛爭。

「那是大概，幾點發生的呢？」

他們說，茂實是今天早上被發現的。或許他們會知道他摔落天橋的時間。我光是想像他的身體，躺在那像是冰冷巷子裡的地方一整晚，就覺得胸口一陣疼痛。

「聽說是晚上九點左右聽到他們說話的聲音。但是，推測的死亡時間，是有一段時間範圍的，而且也還不能確定目擊者所看到的，是否就是茂實先生。」

或許他們有些事情能說，有些事情則必須保留吧，他們並沒有告訴我，推測死亡時間的範圍。

「如果是那個時候的話，蘭花跟我在一起喔。」

留利繪抬起頭。那兩個男人的視線快速轉向她。

「昨天，我們在這裡一邊吃飯一邊看電影。」

「妳確定沒有錯嗎？」

「因為是昨天才做的事，我確定沒錯。」

留利繪點點頭。

「對吧？蘭花。」她看著我，而我也點點頭。兩名刑警面面相覷後，又問我：

「那麼，妳最後一次跟茂實先生見面是什麼時候？」

「大概是，三天……前吧。其實……我們還約好，這個週末要見面的。所以，我真的沒想到會……。」

我的雞皮疙瘩都起來了。

茂實自殺了。我在腦中反芻這句話，但始終無法理解。這到底是怎麼一回事？我該怎麼辦？我搞不懂。

他自己也很煩惱吧。畢竟，連我都這麼想了，連我都認為他已經沒有前途了。

「我問你，這都是騙人的吧？」我的口中突然冒出這句話。刑警也盯著我看。

我沒辦法相信。茂實怎麼會死了。

「是不是他拜託你們來騙我的？因為，我們都已經約好週末要見面了耶！」

臉頰上浮現的雞皮疙瘩，久久無法退去。眼淚從臉上滑落。我也快無法呼吸。

我從沒想過，有一天，茂實會離我而去。

「小蘭。」留利繪將手放在我的肩膀上。這是她第一次這麼叫我。「嗶……」就像是水壺裡的水煮滾似地，刺耳的哀號聲從我口中一傾而出，而這就像是個信號。

我崩潰大哭。

失去茂實的世界，就像滿是泥濘，隔著黑紗的黑暗世界。

全是黑白的。

全是黑白的。全是黑白的。

因為我已經長久受到他的折磨，如今我無法想像，沒有他折磨的人生，會是什麼樣子。

我一直以為搞丟的，那條他送我的珍珠項鍊，鍊子從中間斷掉，就掉在玄關的角落。我緊握著那條項鍊，哭個不停。我不僅大受打擊，而且還很害怕。鍊子斷了，珍珠的表面，就像月球表面的隕石坑一樣，出現了小凹洞。

幸好找到項鍊了，我一邊想著茂實，一邊哭著。

我坐在葬禮的位子上，茂實在遺照中露出微笑，那張照片已經很舊了，大概是我們剛相遇時的照片。

就在那年的夏季集訓……。

茂實在照片中的目光炯炯有神，往這邊看了過來，守護著參加喪禮的人們，我看著他的臉，不禁又開始激動哭號。陪我一起去的留利繪和媽媽，摟著我的肩膀，而我則是當場哭喊著：「我也要去死！誰來殺了我吧！」我忘了是哪個人告訴我，當時樂團那些也來參加喪禮的人，是用同情的目光看著那個模樣的我。「小蘭！」美波挺著大肚子，喊出我的名字，她握起我的手，流著眼淚緊緊抱住我。

不管別人用什麼眼光看我，我都無所謂。

在喪禮上第一次見到茂實的母親，她叫了我的名字：「謝謝妳，蘭花小姐。」諷刺的是，我到那時候才知道，原來茂實有向他的家人提起過我。

「我一直覺得，總有一天，妳應該會到我們家裡來的。」眼睛和茂實很像的茂實母親這麼對我說，我的胸口突然被令人窒息的悲悽給揪住，眼淚再也停不下來。由於呼吸急促，我連眼睛也睜不開。

事情發生後的那一年，我的記憶中只有哭泣。

茂實的死，最後判定為自殺。

來找我的刑警，雖然沒有把話說得很清楚，不過聽說當初茂實被目擊的那座天橋，就像有人指出是看到一對男女一樣，另外也出現證詞，是說當時只看到他自己站在橋上。

而且，茂實本來就有事煩心。因為自己沒有未來的人生而感到絕望，對周遭的人，說的也盡是些自暴自棄的話，他常常大白天就開始喝酒，摔落天橋下的那天，聽說也是喝得爛醉。而他的智慧型手機，結果還是沒有找到，最後判斷應該是他喝得太醉而把手機給弄丟了。因為聽說他好幾次把自己的錢包、手機，忘在常去的店裡，就直接離開，所以經常被店家提醒，警察才做出這樣的判斷。我也很清楚，茂實只要喝得爛醉，行為就會變得相當隨便、粗心。

另外，放在他家中的記事本上，也找到了潦草的字跡。「我已經受夠了。好想死。」他當時寫下的這些話，成了整起案件的關鍵，警察也因此斷定他是自殺。

當我看到他寫下「好想死」的字跡，我又哭到雙眼紅腫。當我知道執著於我的同時，他的內心早已被撕裂到如此黑暗的地步時，總是淚流不止。

但是，在茂實死後半年，周圍的人並非同情我，而是開始鼓勵我，告訴我：「妳要往前看啊。」

「雖然這麼講，可能不太恰當，但是說不定茂實先生，當初就是為了想讓小蘭可以繼續向前，才會那麼煩惱啊。」

留利繪或美波都會這麼鼓勵我，美波有時候，甚至還會直接地說：「妳現在終於獲得解放了呀！」

而我自己，在這個失去他、失去色彩的世界裡，也曾經瞬間這麼想：或許真的能夠就此解脫了吧。

我到了茂實的老家，像是要填補他應有的美好未來般地，和他的父母親聊了茂實的事情。好像自己就是他們的女兒一樣。

不過有一天，他的母親對我說：

「蘭花小姐，妳的心意我們很開心，但是妳也差不多該往前看了。……謝謝妳，這麼替那孩子著想。」

我和他們聊到的茂實，並不是在過世前。那荒誕無度的茂實，而是永遠活在遺照中、那年夏天的茂實。有著大好將來，維持在最美的那個時候……。他利用死，停止了時間的轉動。

我以生病為由，向公司請了一年的假，再回到公司後，發現本來是後輩的乙田，經過了一年，已經變得比我還熟悉業務，更懂得人情世故，也變得強韌。

只是，他生澀地觀察我的眼色，笨拙地用敬語跟我說話的模樣，倒是沒變。

在失去茂實一年後，我和他開始交往，並且在交往半年後，兩人決定結婚。

我的父母和朋友，都非常中意他。

跟和茂實交往時相比，一切都不一樣。

而現在……

他已經死了，但我，卻還活著。

我還活著，身穿無法為他披上的純白婚紗，等待另一個他，為我掀起頭紗，完成誓言之吻。

如此的大喜之日，即使是平時口無遮攔的朋友，也絕對不會提起他的名字。因為，在這個時候提起我的前男友，對現在我身旁的他是多麼地失禮，更會毀了今天這個大好日子。

但是，我卻在等著。我期待，坐在小禮拜堂椅子上的她們，頂著精心打扮的華麗髮型、穿著露出白皙香肩的洋裝，彼此交頭接耳，帶著一臉笑意竊竊私語。

「幸好結婚對象不是茂實。」

「還好他們分手了。」

若是他還活著，也不會有今天。

「……我願意。」我聽見身旁沙啞的聲音，轉過頭去，只見他像個小女孩似地，眼神緊張閃爍。看到這一幕的瞬間，我只覺得真是太可愛了。我感到愛戀，覺得自己喜歡這個人。

不過，這是宛如春天的平靜海洋，總是像沐浴在陽光下、受到眾人祝福，不帶一絲罪惡感的愛情。

相較於當時每天風波不斷，白晝也宛如黑夜的激烈心情，如今則是截然不同。那與平穩的愛情，根本不能相提並論。

而那時，我深陷於愛戀之中。

那樣的戀愛，我無法再談第二次了。

我想過好幾次，或許這樣也好。

如果茂實還活著，我一定還身陷地獄之中。如果他還活著，我也不知道自己和茂實的母親，是否可以像現在維持良好的關係，她是否還會像對待女兒一樣對我。他那無理取鬧的激進與傲慢，幾乎要將我吞噬、撕裂，還要奪走我所有的一切。

婚宴開始了。

等到婚宴一結束，我們就要搬到國外去。乙田到國外赴任的人事命令下來了，而我也會離職，陪著他一起去。令人意想不到的平凡又安穩的幸福，就在海的另一頭等著。

朋友代表致詞，我打算安排在婚宴一開始的時候，但是她說：「一開始耶！這麼重要的事情，我辦不到啦。」她一臉快哭似地搖搖頭。還不知所措地說：「我真的可以代表致詞嗎？」

「那麼……。」站在會場前方的女司儀提高聲音說。同時，聚光燈也打在我的臉上。

「接下來，請新娘蘭花小姐向各位介紹，今天將代表新娘友人致詞的來賓。」

「好的。」

從女儐相手中接過麥克風，我拿到嘴邊，露出微笑。頭紗就在唇邊飄動。她坐在距離前方舞台很近的桌次，緊張地雙頰微微泛紅。她身上的黑色洋裝，非常適合她。

我站起身，開始介紹她：

「接下來，要跟各位介紹傘沼留利繪小姐。大學畢業後，有四年的時間，我跟她住在一起。無論是開心的時候，或是難過的時候，她總是在身邊陪伴著我，也是我最愛的好朋友。我和她，就像是家人一樣。」

至今，有時候我仍會回想起。

為什麼，那一天，留利繪要說她跟我都在家裡呢？

在茂實過世的那一天。

對著來到我們家的刑警，留利繪很冷靜地看著我說：「對吧？蘭花。」而我也點了頭。但是……。

耀眼的燈光，打在留利繪身上。華麗的會場裡，飄盪著柔和的樂音。那是留利繪喜歡的喬治．比才的小步舞曲。

「如果沒有她陪在我身邊，我想就不會有今天，也不會有現在的我。」

那一天，只有我一個人。

留利繪根本沒有在家裡。我回到家後，喊了她的名字，不過沒有找到她。雖然感到有些奇怪，但就一個人回到自己的房間。我們並沒有一起吃晚餐，也沒有一起看電影。

留利繪回到家時，已經是將近深夜的時候了。平時，她幾乎不會到那麼晚才回來，但那天不知道為什麼，她很晚回家。

……留利繪？

我將門打開一個小縫，對著剛回到家的留利繪，叫了她的名字，只見她肩膀抖動了一下，露出害怕不安的樣子看著我。過了一會兒，她才有所反應。

……喔喔！

她表情看起來恢復正常。她接著說：

……妳還沒睡啊？蘭花。

那時她幾乎每天都會穿，那件有喀什米爾羊毛的外套，自從那天之後，就再也沒看她穿過了。應該說，不知道從何時開始，她開始改穿別件新的外套。我一直在想，那件外套是不是哪裡弄髒了？還是被她丟掉了？

為了要致詞，留利繪站了起來。她手上拿著印有可愛花樣的信紙，慢慢地，而且很驕傲似地站了起來。

我的好朋友，緩緩地走到舞台旁。

考量到留利繪不喜歡美波，我特地將美波和其他樂團的人的位子，安排在會場的深處，讓留利繪跟主要賓客坐在同一桌。而且，她後來也跟我那一桌同事變得熟識。

「留利繪，一直以來，真的很謝謝妳。也謝謝妳答應代表致詞！那麼就麻煩妳了。」

我露出微笑，我的手緩緩地離開麥克風。取而代之的，是留利繪站到麥克風架前，看著大家，接著低下頭來。

「謝謝新娘的介紹，我是傘沼留利繪。」

總覺得在某個遠方，傳來了鳴笛聲。

那一天，到我們家裡來的兩位刑警的臉，靜靜地劃過腦海。

總覺得門外，傳來急促的腳步聲。

友情

我都聽見了，偷偷竊笑的聲音。

那些竊竊私語，是在取笑我的。

「快看啊！傘沼。這裡看得到妳放棄的那間芭蕾舞教室耶。」

搭巴士前往社會科的工廠教學路上，班長四宮力這麼對我說。看到一個人坐在窗邊位置的我無法動彈，他開心地露出微笑。

班上成績最好的我。

還有排名第二的，四宮。

或許正是因為這樣，我才會被他盯上的吧。

我的運動神經不好，體育課的時候，若是球類運動要分隊，我總是落單的那一個。在電視劇或是漫畫中的班長，總是帶著樸素眼鏡的資優生，但現實生活中的班長，為什麼卻是像四宮這種受女生歡迎的風雲人物？我感到絕望，同時假裝聽不見他的聲音。四宮似乎不打算放過看著窗外、撇開視線的我，他更是拉高聲音地說：「傘沼同學～，不要不理我啊！」

我在好幾年前就放棄的芭蕾舞教室，它的招牌從窗外劃過，愈來愈遠。

為什麼，他會知道我之前在那裡學過芭蕾舞呢？「你們知道嗎？她啊，長得這麼醜，以前竟然是學芭蕾的耶！」當四宮第一次這麼說時，我感到背脊發涼。就算是現在，在這狹小的巴士裡，我也覺得自己快要窒息。

「妳姊姊的芭蕾舞跳得很好吧。那個長得跟妳完全不一樣的姊姊！」

芭蕾舞是跟姊姊一起開始學的，練習非常嚴苛，沒多久我就開始叫苦。儘管還是個小孩，但我心裡也很明白，老師和父母親都不像對姊姊一樣對我抱有期待。

一開始說我臉上的痘痘，是「生病」、「會傳染」的人，就是四宮。我因為想把痘痘治好，跟父母親談了好幾次，但他們只會對我說：「等長大就會好了。」母親甚至對我說：「就算妳臉上痘痘治好了，也不見得就會變漂亮啊。」

我的小眼睛、扁塌的鼻子，全都會被拿來跟姊姊比較。

姊姊雪白的皮膚上連一顆痘痘也沒有，穿起芭蕾舞蓬裙和舞鞋，簡直就像是為她量身打造。相較之下，我從小臉上的痘痘就很嚴重，皮膚粗糙而且泛紅，根本不像是流著同樣血液的姊妹。

就連眼睛也是，姊姊有著明亮的雙眼皮大眼，我的眼睛跟她一點也不像。美勞課的時候，有一次的作業是必須兩人一組，互相畫出對方的臉。當看到同學將我的眼睛畫成兩條線時，我啞口無言。臉頰的部分，他則是畫出一點一點的紅色，髒兮兮地蔓延開來，代表我臉上的痘痘。因為對方看起來沒有任何惡意和遲疑，我也才絕望地領悟到，原來我在他人眼中是長這個樣子。雖然我很想請對方重新畫，但老師看到畫時，什麼話也沒說。同學並非故意欺負我，才畫成這樣的，而是我的臉，看起來就是這個樣子。

我繼續無視那些言語，從視線的餘光，發現四宮一腳踩在巴士走道中間的折疊座位上，擺出拉小提琴的樣子。他作勢撥動看不見的琴弦，脖子裝作挾著樂器，快速拉動、誇張地模仿拉小提琴的動作。「我在學傘沼。」他說。

我聽見竊笑的聲音。

在音樂課的時候，因為學到有關小提琴的內容，老師說：「傘沼同學，妳可以示範給大家看嗎？」因為全班只有我學過小提琴，於是，我就拉了。

在那些瞧不起我的人面前，我做了他們辦不到的事情。我心想，只要他們能夠讚嘆我很厲害，倒吸一口氣地被我震懾住，知道我跟他們是不同的，那就好了。但是，當我投入地拉完小提琴後，四宮竟然一邊拍手一邊說：「好厲害！真的超～感動的。太藝術了啦！」

跟姊姊一起開始學的才藝當中，我選擇放棄芭蕾舞，而姊姊則是放棄學小提琴。就算姊姊放棄了，我仍然堅持繼續學的，就是小提琴。

我非常討厭四宮。

但是在當時，我記得最清楚的，倒是那些在他身後訕笑的女孩子。

四宮在我的面前，畫出一條區隔線。

被取笑的女生，還有擁有取笑他人權利的女生。像我這種被取笑的女生，根本不具有在社會課上所學到的基本人權。更沒有戀愛的自由，或是可以受到平等對待的自由。

四宮。

唯獨那一張臉，長得就像是從漫畫裡走出來的人一樣，或是像電視劇裡演主角的偶像，長相完美到令人感到虛幻。

不過，他並不會說出什麼好聽的話，只會大喇喇地直接叫我的名字，但卻會親暱地稱呼那些和他一起取笑我的女孩子。他就是這樣的一個男孩。

男生。

男生就是這個樣子。

◆

大學時會進入樂團，是因為從小就學小提琴，中學之後也都在學校社團的樂團裡拉小提琴的緣故。

因為太想脫離四宮他們，我沒有選擇他們大多數人要念的學校，而是去參加很難考上，可以直升高中的私立中學入學考試，最後也順利錄取。

每天都過得很開心、自在。

雖然跟小學時一樣是男女合校，但沒有任何人會取笑我。

我很驚訝，只有成績優異的學生才能念的學校，裡頭的世界竟然會如此不一樣。比起那些曾經取笑我的人，很多長得更漂亮的女生，會直接地跟我說：「啊～，留利繪，怎麼辦？我沒有寫作業耶。可以借我抄嗎？」

「喔～，好吧。真拿妳沒辦法。」接過我拿出來的作業本，她們還會抓起我的手笑著說：「謝啦，留利繪。我愛妳。」

不同於在小學時，無法用我的話語和常識溝通的狀況，上了中學之後，我反而都是遇到能夠與我溝通的人。無論是放學後聊天或是課外活動時都一樣。在校外教學過夜的晚上，我鼓起勇氣，跟幾個要好的女生，說出過去四宮他們對我做的事，當我講到一半，其中一個女生的眼眶還泛起淚來。

我本來打算笑著告訴她們，我因為討厭這張痘疤明顯的臉，苦惱到最後，還拿了漂白水刷自己的臉，但是我說著說著，竟然也流下了眼淚。

那些靜靜地聽我說的朋友當中，有一個人緊緊抿起嘴唇，眼淚也順著她的臉頰滑了下來。那並不是刻意要哭給別人看的眼淚，對於她們真誠自然的反應，我的心中滿是感動。

「對不起。」她說。

「對不起，我竟然哭了。但是，他們真的很過分耶。不管是那個男生，還是那些女生都一樣。」

「如果是我讀的小學，絕對不會發生這種事的。公立的小學有這麼誇張啊？」說這句話的女生念的是私立小學，接著另一個女生回應：「不是吧，是留利繪身邊的人太幼稚了啦！留利繪好可憐喔。」

其他女生也喊著：「留利繪……。」一邊緊緊抱著我。

「真的太過分了。如果妳小學也跟我們讀同一所就好了。」

「還有啊，雖然妳好像很介意妳的皮膚，但其實沒有那麼嚴重啦。我們也看得出來妳很細心在照顧妳的皮膚。而且要說長相的話，只要了解妳的內在，就會發現妳是個很可愛的女孩，我很喜歡妳喔。」

「……謝謝妳們！」

我露出淺淺笑容回應，同時也很介意她說的那句：沒、沒有那麼、嚴重。按照她的說法，那怎樣叫做有那麼、嚴重？我的皮膚，要糟糕到什麼程度才算數？

而且，像是如果不了解我的內在，就無法理解我的可愛之處，或是「我很喜歡妳喔」這種個人的意見，根本沒有安慰到我長得不漂亮這件事啊。

不過，我還是很感謝她們顧慮到我的心情，對我說出這些話，我也慶幸自己能夠來讀這所學校，心中充滿了安全感。

大家開始七嘴八舌地安慰我。

留利繪很聰明啊。好可憐喔。太辛苦了。

「我真想幫妳殺了他們。」

她流著眼淚，緊緊抱著我。

「當時一定很痛苦吧？但現在已經沒事囉。」聽著她們溫柔的聲音，我們手牽著手就這麼睡著了。

隔天早上，「這種事應該很難啟齒吧，但還是謝謝妳跟我們說這些。」她看起來比我這個自己揭露難堪過去的人還要害臊，看著她羞怯地這麼對我說，我感動到說不出話來。

心想，真的很謝謝妳們。

對於交到朋友的這份幸福，我不清楚應該向誰表達何種感謝。但可以確定，不對的是那群低能的人。我什麼錯也沒有。

這裡，才是屬於我的地方。

所以，我本來應該再也不會碰到那些人，也不需要再回到那種幼稚的地方了。

但是……。

進入大學的四月。

我到樂團參觀、體驗的時間，比大家都來得晚。因為我原本在等四月舉辦的新生迎新會，但是一問之下，發現其他人都在迎新會之前，就在學校裡看到公告，馬上就來參觀了。

「那麼首先……。」既然要練習，我就隨手拉了一下小提琴，而學長姐們都很驚訝地看著我。

「拉得很好耶。」大家很直接地誇獎我。

「太厲害了，應該是今年新生中最強的吧？」

「不，就算把學長姐算進去，也是拉得最好的吧。妳學很久了嗎？」

「是。」

我的臉頰都紅了。

雖然我放棄考音樂大學，但連在準備考試時，我也沒有放棄練習小提琴。若是在以專業小提琴手為目標的人當中，可能我算不了什麼，但若是在業餘的樂團裡，我的心裡也很清楚，自己應該會得到不錯的評價。

進入大學之後，最先讓我感到驚訝的，就是每個女孩子都很會打扮。

大家會化妝、抽菸，花上幾萬塊買衣服。很明顯跟我高中那些好朋友不同。我感到有些無地自容而有所防備，但後來馬上就發現這沒什麼好擔心的。

我一開始會這麼想，是當同樣一年級的名木澤美波對著我拍手的時候。

「好厲害！好厲害！超～厲害的！」

她在樂團的新生當中，是待在那個打扮最花俏的小團體裡。她身上穿著的是我絕對不會穿，藍色的原色針織衫，搭配一條白色短褲。寬鬆的針織衫裡，她的大胸部微微搖晃著。

我一開始覺得自己不喜歡她，但是她完全無視於我的不知所措，直接過來找我說話。明明才第一次見面，她問了我的名字之後，就很親切地叫我：留利繪。

「留利繪，妳拉得超好的。好厲害。我可能是第一次親耳聽到這麼好聽的。」

「怎麼會……。妳只要去專業的演奏會，好聽的多得是。」

「喔……。因為我從來沒有自己花錢去聽過演奏會啦。我的父母也是對這方面不熟，平常幾乎不聽古典音樂的。像我媽媽也只是很迷韓星而已。」

我很驚訝。當我問她為什麼會想加入樂團時，美波絲毫沒有一點慚愧的樣子回答：「我是被喜歡的漫畫影響的。感覺如果在學生時代參加管弦樂團，應該會很好玩。」

「留利繪看起來應該是好人家的小孩吧？父母親應該也是從事文化方面的工作吧。而且，聽說妳是美學美術史系的？好厲害喔，那個科系很難考耶。」

「沒有到文化方面，這麼誇張啦。」

雖然我的家世並沒有好到值得一提，但感覺起來的確跟美波家不太一樣。這時候，社長風間學長開口，告誡親切地來跟我攀談的美波：「好了！不要突然就問傘沼同學這麼多問題，會害人家很困擾耶。」

「不好意思啊，傘沼同學。」向我道歉的他們，看來已經建立起他們之間的人際關係了。風間學長很紳士，跟高中之前相處過的男生比起來，看起來穩重多了。

「好～。」美波點了點頭，在離開之前小聲地跟我說：「留利繪，感覺妳跟蘭花應該會很聊得來喔。」

「蘭花？」

好美的名字，我心想。美波點點頭。

「一瀨蘭花。她家環境很好。從以前就看過很多厲害的舞台劇或是演奏會，是個千金大小姐。她媽媽以前是寶塚歌劇團的演員，她也長得非常漂亮。小提琴也拉得很好喔。」

「喔？」

我單純因為驚訝而發出簡短的聲音，美波接著笑咪咪地露出微笑。她右眼下方的哭痣，讓她顯得更加妖豔。

「雖然她今天沒有來，但等蘭花來就好笑了。風間學長的假女性主義就要爆發了。」

假女性主義，我瞬間對這個詞有些在意。

這是用來揶揄那位身段像個大人，剛剛還幫我說話的社長。會說他是假女性主義者，也就是說，她的意思是社長喜歡在美女面前耍帥、裝紳士嗎？

如果是這樣，老實說，一點都不好笑。

難道，風間學長在我面前，就不是假女性主義者嗎？在美波眼裡，我就不是「漂亮的女生」嗎？

雖然我不覺得這有到「歧視」的程度。

不過，自然而然在眼前拉開區隔的那條線，有時候也會帶來痛苦。我盡可能強顏歡笑，一邊回應她：「是喔？我也好想見見她。」

但其實，我根本就不想見到她。

雖然聽說她小提琴拉得很好，但一定沒有我來得好。這個跟我完全不同，被劃分在「漂亮」那一類型的女生，我壓根不認為自己會跟她成為好朋友。

一瀨蘭花，在那之後馬上就出現了。

因為上一堂課晚下課，導致我比較晚到達樂團位在學生會館中的練習室，我一走進去，就看到那個漂亮的女生坐在窗邊。

跟這棟老舊又滿是塗鴉的建築非常不搭調的她，是我這輩子第一次見到的女生類型……不，無關性別，在人類當中，我第一次見到像她這種類型的人。

她的手腳細長，讓人覺得根本不該存在於現實生活中。原來這世上真的有這種人。我重新體會到，我一直以來遠望著在電視上，或是舞台上出現的那些「藝人」，說不定他們都是這麼瘦，又這麼美吧。

明明她全身上下應該都是同樣的膚色，但她臉頰的皮膚顯得特別薄，又白皙。小巧的臉蛋，還有令人難以置信的漂亮五官，完美地排在她的臉上，只要她一眨眼，光芒就像要灑落下來。

我覺得呼吸都快停止了。

因為不希望被發現心中的慌亂，我低下頭，盡可能不要跟她對到眼，但是我的臉還是不自覺地轉向她。目光也不禁朝她看去。

我開始詛咒美波。

這個女生跟普通人這麼不、一、樣，簡直美得像某種異形一樣，為什麼沒有事先告訴我？她已經遠遠超越「漂亮女生」的等級了。

她並不是那種，會讓我因為風間學長假女性主義的差別待遇，而心生妒忌的女孩。在這同時，對於可憐的社長，我甚至湧現憤怒的情緒。你以為自己在她面前展現你的假女性主義，就能將她佔為己有嗎？對於不知道自己有幾兩重又遲鈍的社長，我感到憤怒。

我感受著前所未有的尷尬難耐，一面準備自己的譜架，開始那一天的練習。聽社長說，因為有新生加入的關係，所以必須重新安排第一和第二小提琴的成員，於是我心想，如果她拉得好的話，應該會跟我一樣待在第一小提琴吧？那麼，我就可能會跟她坐在一起了吧？此時的心情，究竟是喜悅還是抗拒，我自己也搞不清楚。

我坐在她身旁，接過樂譜，同樣演奏著舒曼的旋律。

我對她的印象有如冰雕，但之後，她就在我面前溫暖融化。

「聽說妳叫留利繪，是嗎？」

我聽見一個很高、開朗，有如春風一般的聲音，當我回過頭去，是蘭花站在那裡。不再是先前沒表情的模樣，她帶著滿臉笑容。

裝扮楚楚動人的她，身上穿了一件別有雪紡紗材質蝴蝶結的襯衫，還有一件帶有刺繡的焦糖色裙子。她的穿著非常有氣質，但打扮風格卻不會讓我感到無地自容。可能真的漂亮的女生，並不會想要多加打扮吧，她看起來連妝都沒有化。

嗯。我回答她的聲音，聽起來有點遠。

「妳拉得好棒喔。」她說。像個小孩子一樣，天真無邪地對我說：

「好開心喔！竟然可以跟這麼厲害的人在同一個聲部裡。」

「……謝謝。」

「我聽美波提過妳之後，就一直很期待可以見到妳。因為她說，我跟妳應該很聊得來。」

蘭花露出如此笑容時，我總覺得彷彿看見了奇蹟。

對於一直以來覺得不太喜歡的美波，我也湧上感謝的念頭。

那是個我認為跟自己絕緣的世界。

像美波這麼會打扮，又很積極談戀愛的人，我竟然會跟她變熟。

而像四宮那種只會欺負我的男生，他們所憧憬的漂亮蘭花，竟然會像對待好友似地叫我的名字。

這一切，就像是在做夢一樣。

蘭花比我想像得還要可愛。她非常落落大方，甚至讓我不禁懷疑她到底有沒有身為美女的自覺，她還會用著一派輕鬆的口吻說：「我經常被說沒什麼情緒耶！」在管弦樂團裡，喜歡她的男生多得是，但只因為沒有人跟她告白過，所以就說自己「沒人追」。比起和男生相處，跟我們這些樂團裡的女生朋友相處的她，看起來也比較開心。

就連美波，好像也會約她去參加聯誼，而她也會毫不掩飾地說出真心話：「唉～完全沒有像樣的男生。好寂寞喔～！好想交男朋友喔～。」她那爽朗、直接的個性，讓我很有好感。

畢竟，一直以來我並沒有這種會露骨、直接地跟我談論男生話題的朋友。

小提琴聲部的女生們，感情一下子就變得很好，我們幾個經常玩在一起的人，常常會相約去聽演奏會、歌劇或是音樂劇。那一天，也是大家一起去聽古典音樂的演奏會。

「我爸爸很迷演奏會，小時候我曾經被他帶去歐洲旅行，第一天在米蘭聽，第二天去倫敦，第三天又去柏林，完全是瘋狂行程。」

前往會場的路上，蘭花告訴大家這件事，所有人對此都驚嘆「哇！」或是說「好酷喔，根本是有錢人家的大小姐耶。」蘭花笑著聽她們的反應，唯獨我，是對別的方面感興趣。

「那時候，演奏會的指揮是誰啊？」

聽我這麼一問，蘭花的眼睛裡發出不可思議的光芒。她看起來似乎有些驚訝。接著，就在下一瞬間，她露出微笑。表情很明顯地，和她以往看其他朋友的樣子不同。

「萊爾。」她回答。彷彿花朵綻放似地，那個名字在她的嘴唇上舞動。

「留利繪，妳喜歡他嗎？」

「我很喜歡他。但是我從來沒有親眼看過他指揮，所以好羨慕喔。但是我有看過他的DVD，他還會教一些不懂古典音樂的小孩子跳舞。」

「喔！妳是說節奏舞蹈團吧！」

蘭花的聲音充滿朝氣。原本一直在聊天的其他人，突然安靜了下來，大家都很驚訝地看著我們。

抵達會場之後，我們不管門票上各自的座位順序，直接坐成一排，蘭花也自然而然地坐在我旁邊。我們聊天聊到停不下來，每當發現共通的話題時，我和蘭花就會開心地抓著彼此的手。和我至今認識的朋友比起來，蘭花的手很小，好像一碰觸就會弄壞一樣。

「留利繪會喜歡古典樂，也是因為爸爸的影響嗎？」
「嗯。我的姊姊是學芭蕾舞的，所以通常我們家會去看的，不外乎就是演奏會和芭蕾了。」
「真的嗎？那妳最近看了什麼？」
「我和姊姊去澀谷看了《天鵝湖》。因為聽說這次，可能是現在這位首席舞者最後一次表演了。」
「真的嗎？妳是哪一天去的？我也跟媽媽一起去看了呢。」
蘭花的雙眼綻放光芒。因為覺得彼此當時是在同一個會場裡，可能是這份連結感，我們之間的距離，也因此在一瞬間縮短。
那一天，演奏會結束之後，我們一群人就明顯分成兩邊，一邊是我跟蘭花兩個人，另一邊則是剩下的其他人。相較於我們倆聊著對演奏的感想，以美波為中心的她們，就跟平常一樣聊著樂團裡學長姐的八卦，讓我對她們大失所望。
後來去到了要一起喝酒的餐廳，我和蘭花還是不斷聊著，美波對著我說：「妳們好厲害喔。」
「妳們兩個真的對音樂很了解耶，看起來頭腦好好，很聰明的感覺。」
「才沒有這回事呢。」
我只是純粹感到開心、很投入地在聊天，我很驚訝地這樣回答她。我們聊的內容，根本不至於會被說是「聰明」，我反而想說，連這種程度的對話都無法加入，妳們才比較令人感到不可思議吧。
不過，美波沒有再繼續說什麼，聳了聳肩就換到別的位子去了。
我有些微被拋下的感覺，但是蘭花只是在我身旁靜靜地微笑，所以我還是感到很滿足。

後來，又過了一陣子，蘭花約我一起去看舞台劇。
不是演奏會，也不是芭蕾舞，而是現代舞台劇。當聽說主演的女演員是蘭花母親的朋友時，我大吃一驚。
「因為我媽媽說可以找朋友一起去。」
她邀請的人，就只有我一個。
我很開心地向她道謝：「謝謝妳。」明明也不需要多問，但我就是不由自主脫口而出：「那美波呢？」
「嗯？」蘭花稍微歪著頭，接著突然笑了。
「對她來講，這種表演可能很無聊吧。如果是電視上常見的藝人有演就算了，但演出的人全都是以舞台劇為重心的演員。」
在我心中，揚起一股得意的感覺。我努力不被發現此刻的心情，蘭花似乎也沒有察覺到，接著告訴我：「但是，他們的表演都非常棒喔。」
「我之前也看過這個人的表演，舞台上完全沒有使用華麗的裝置，但是整個場面、氛圍就是不一樣。不過相對地，演員就必須要充分運用肢體表演，我都忍不住感嘆，這到底需要多好的肢體技巧啊。如果換成是我，可能連在舞台上站五分鐘都沒辦法吧。」

蘭花的母親也來到會場。

她跟蘭花長得很像，也是個美人。明明是初次見面，卻很親切地向我打招呼：

「啊！妳就是留利繪嗎？」

「是。謝謝您邀請我來。」

當我正在向她打招呼，我的手突然被她用滑嫩纖細的手抓住，並往她的方向拉了過去。一瞬間我雖然感到很驚訝，但馬上就發現，那是她怕我在人來人往的劇場大廳裡被別人撞到，所以才會有這樣的舉動。「好危險喔。」她這麼說完，便放開了我的手。接著她笑著說：

「留利繪的手好軟喔。」

「她的皮膚很細、很滑。讓人好羨慕。」

在母親面前，蘭花用著比平常還像小孩子的口吻，指著我的手這麼說。我因為太過於驚訝，幾乎要不能呼吸。

太難以置信了，她們竟然會誇獎我的皮膚。

不過，這對漂亮的母女，看起來並沒有任何諷刺或是惡意。當本身已經如此美麗時，或許就不會去在意他人的美醜吧。

儘管，我全身上下可能只有手這個部位值得誇獎。

「蘭花的皮膚才嫩呢！」

我開玩笑地這麼說，還輕輕碰了她的臉頰。「真的嗎？」蘭花一邊這麼說，一邊拉起自己的臉頰，柔嫩的臉頰很有彈性地晃動著。我就這樣和她一起嬉鬧，就像還是中學生一樣，很開心。

「而且妳個子好高，又瘦，身材很好耶。」

「才沒有呢。我還駝背，而且從以前就因為太瘦而被取笑。」

當蘭花的母親這麼說，我心跳加速地慌張否認。

我個子高又瘦，的確常常讓身邊的人稱羨，但也是我小學時被取笑的原因之一。母親甚至還跟我說過，因為身材很瘦，如果姿勢不好看的話，反而會更加醒目。

不過……，我其實對自己的體形很滿意。

「才不會呢。妳的身形很好看。」

因為蘭花母親的這番話，我的臉頰都熱了起來。

「聽說留利繪也常常去看寶塚的表演喔，她姊姊也很喜歡。」

「喔，現在也是嗎？如果是花組的表演，我想我應該可以幫妳預約到門票，如果有需要，儘管告訴我喔。至於其他組，看是什麼表演也可能會拿得到票。」

和蘭花的母親講話，我覺得自己彷彿置身於夢境一般。我從來沒想過，有一天可以跟自己嚮往世界中的人講到話。

樂團裡的其他男生，也沒有任何人會取笑我。

雖然美波的確是瘋狂在參加聯誼，是所謂「愛玩」的女生，但是樂團裡其他女生，還是以認真的人居多。雖然其中一些人有男朋友，但她們跟我一樣，對談戀愛比較晚開竅，話題也不會一直繞著戀愛打轉。我們聊天的內容，主要還是電影、舞台劇，還有音樂。

我們經常到自己住在學校附近的人家裡，大家一起煮飯，一起看租來的電影或是演奏會的影片。

「傘沼學妹，可以佔用妳一點時間嗎？」有學長因為喜歡某個和我同樣是一年級的女生，還曾經來找我商量這件事。「學長，加油喔。」我一邊替他加油，同時也感慨自己好像已經可以應付戀愛的話題了。

男生，已經不再是那樣的可怕。他們和我一樣，都是人。

◆

三宅進吾，和我同樣是一年級，吹雙簧管的男生。

演奏技巧不是很好，但倒是會染頭髮，滿注重自己的打扮。他很喜歡女生。不過，「留利繪，小提琴今天在哪裡練習啊？」他對我講話的態度，和對一般女生沒有兩樣。

所以，我不會感到恐懼，也不覺得自己被區隔開來。

第一次秋季定期演奏會剛結束，那是一年級時的十月。

大家的情緒高昂，我們於是在學生會館旁繼續慶功宴的續攤。三宅拿出煙火，說：「夏季集訓時的煙火還有剩。」

在和學生會館有點距離的合作社餐廳前，他們開始在廣場上放起了煙火，「小提琴的人也一起來吧。」因為他們的邀請，我和美波她們也一起過去看煙火。

現場的氣氛馬上變得很融洽，一些喝了酒的男生們，開始小聲地竊竊私語。手上拿著不知道是從誰的記事本上撕下來的紙，「咦？所以，這上面寫的就是她嗎？」他們很幼稚地交頭接耳，還一邊寫著些什麼。

我有股不好的預感。我隱隱約約感覺到，他們在注意我們這幾個正往他們走去的女生。

「那些男生，好像在搞什麼鬼耶。」

美波嘟起嘴來，說得一副很驚訝似的。但是，她並非真的厭惡他們那樣的行為，只是故意用不開心的口氣而已。美波突然靠近三宅他們，抓住他們其中一個人，開始跟他說起話來。那個男生，臉上滿是笑意。並且把臉湊近美波的耳邊，窸窸窣窣地不知道在說些什麼。

我看到這一幕，馬上跑了過去。當美波和那男生的臉分開時，我抓住了她的手臂。美波驚訝地看著我，我靜靜地，盡量用聽起來不是很嚴重的語氣，跟她說：

「不要這樣。」我同時露出生硬的笑容。

「我，不是很喜歡其他人在我面前講悄悄話。」

美波很驚訝，眼睛睜得更大了。

「啊！嗯，對不起。」

「沒關係，但以後不要再這樣了。」

那些男生，似乎是在討論樂團裡哪個女生最受歡迎，而傳來傳去的那張紙，好像是用來投票還是什麼的，這是從剛剛偶然聽到的對話中猜出來的。

如果真是這樣，應該沒有人會投給我吧。

我不想因為這種事而受傷。我很有自覺，所以不想要變得狼狽不堪。讓其他人看到我受傷的樣子，唯獨這一點，我死都不要。

畢竟，對於那種莫名其妙的事，打從一開始，我就不抱任何期待。

就在那個時候，有一個小提琴聲部的女生，找到空檔趁機從男生的手上將那張紙給搶了過去。「啊！不要拿啦！」三宅說，同時要將那張紙搶回來。不過，他的表情是笑著的。那個女生打開紙一看，一副倒吸一口氣的模樣。她的表情誇張地瞬間僵住，睜大著雙眼看著那些男生。

「你們竟然做這種事，很差勁耶。」

三宅他們一臉尷尬，但還是一邊笑，一邊要把紙從她手中拿回來，就在那瞬間，我不經意，真的只是不經意地，將手伸向那張紙。

是我，從她的手中，把紙搶了過來。

凌亂字跡寫著好像是女生的名字，在那名字旁，我看到了一排正字。我還來不及看仔細，三宅的臉色就變了。

剛剛他一直笑咪咪的臉，現在突然變得面無表情，還擺出一臉正經的樣子。他用和剛剛完全不一樣的速度，從我的指縫間將紙抽走。

他的力氣出乎意料的大，我的手指之間，還因為摩擦而產生了微熱。

接著，三宅依然面無表情，當場撕了那張紙。為了不讓我看到裡面的內容。

我的眼前，瞬間浮現四宮的臉。

耳邊還聽到，女生竊笑的聲音。

我清楚察覺到，自己完全被排除在外。

承受著彷彿要榨乾心臟的打擊。

他不想讓我看到那張紙。

儘管他平常都叫我：留利繪。

明明，我也是和樂團裡其他女生一樣，活到現在。

時間彷彿停止了。

我也真的像是時間停止一樣，無法動彈。我還在想，在做出了這麼直接、傷人的舉動之後，三宅接下來會怎麼做。但他在那之後，瞬間抹去了剛剛把紙撕碎時的面無表情，對著我「嘿嘿」地笑了。

但是在我的心中，剛剛發生的事沒辦法就此抹滅。

鼻子的深處感到刺痛，我的眼淚也流了出來。我搞不清楚當下自己是否很想哭。也不記得那時的自己，其實不想在大家面前流淚。

讓哭泣的我再次轉動時間的人，是在我身旁的美波。

「喂！三宅！」

她大聲地吆喝他，然後摟著我的肩膀。接著問我：「妳還好嗎？」她很擔心地催促著我：「我們走吧。」便將我從飄盪著火藥臭味的人群中帶了出來。

在通往學生會館的樓梯上，蘭花跟幾個學長姐在那裡喝酒，我們從他們身旁走過。「怎麼啦？」她問，美波只是敷衍地回答：「沒什麼事啦。抱歉，借我們過一下。」這讓我感到得救了。

但是，我也感到很不安。現在溫柔摟著我的美波，雖然我很感謝她的機靈反應，但是剛剛美波和那些男生竊竊私語，那張紙也沒被撕掉，就這麼讓她看了，我實在沒有自信跟她兩個人獨處。突然間，我抓住了蘭花的衣角。

「蘭花可以也一起來嗎？」

我們走到了學生會館的廁所，美波一臉擔心地看著我的臉。「我們，暫時先到外面去喔。妳冷靜一點之後，再叫我們吧。」她這麼對我說，我也充滿感謝。在空無一人的廁所裡，我看著鏡子中的自己。

為什麼，就只有我？

我到底跟其他女生有什麼不一樣？

小學的時候，打從四宮在我面前畫出界線，我就知道，自己似乎跟那些會被逗開心的女生不一樣。

我當然也知道自己不美也不可愛，但是，我的外表真的有差到必須像這樣被排除在外嗎？這標準究竟是誰決定的？是男生，還是在他們身後訕笑的女生？

這張臉，也不是我自己喜歡才選的。我詛咒三宅，詛咒在我心裡的四宮，詛咒那些在他們身後竊笑的女生。

我也知道自己的外表很難看，但是，也沒有哪個人的臉，會讓我走在路上看到時，有想要跟她交換的念頭。我就維持這個樣子就好。難道我不能奢望有人會喜歡這樣的我嗎？

就算是和三宅竊竊私語的美波，我也不想要她那張臉。雖然她長得算是可愛，但我並不想要。

就在這個時候

我突然想起，此刻在走廊上等著我的美波和蘭花。

蘭花。

如果是她的話，我就會想要。若是換的是她的臉，我可以接受。

不過，除非是像這種極大的變化，否則我並不希望這麼做。這麼想著，我的心情也逐漸平靜。我並沒有錯。

我以為自己早已經跳脫這道枷鎖。

在大學這個成熟大人的圈圈裡，我完全沒想到，會發生將我拉回到過去的事。我感到無力。

在走廊上等我的美波，現在是怎麼跟蘭花解釋我剛剛發生的事呢？光是在心裡想，全身就不禁因屈辱而凍結。

我現在會哭，並不是因為三宅做的那些幼稚又低俗的行為。我怎麼可能因為那麼一點小事就被影響。被美波誤會，才是我無法忍受的。

「我沒事了。」

我把心一橫，走出廁所，發現她們並沒有在講話。美波正抽著菸，菸味撲鼻而來。雖然我很討厭香菸，但畢竟是她幫了我，將我帶了出來，於是我什麼也沒說。

我向她道謝：「謝謝妳，美波。」

「嗯。」

美波只是點點頭，也不打算再向我追問些什麼。於是，我急忙對著打算回去的她說：

「其實……。」

她們倆轉過頭來。

「我的姊姊是獸醫。所以，最近經常聽到，動物送到她那裡的可憐遭遇。」

美波雖然看起來有些驚訝，但我不斷在心裡想：沒錯，這麼說就對了。

仔細想想，我今天其實一直掛念著姊姊告訴我的這些事。從早上開始，包括演奏會的過程中，只要一想到，好幾次都覺得快要哭了出來。

「我昨天聽到的是，一隻緊急被送過來的牛頭梗，雖然做完手術了，但還是沒辦法救活，結果只能送牠最後一程。真的是讓人心情很沉重，想到飼主的心情，還有姊姊無法救活牠的感受……因為這些情緒突然湧上來，我就哭了，真是對不起。多虧美波把我從那裡帶了出來，謝謝。」

「喔，是這樣啊。」

美波說。

蘭花站在一旁，她那美麗的臉上，也像痛心似地皺起眉頭說：「喔……原來如此啊，真是令人難過。」我鬆了一口氣。

「嗯。」我點點頭，靜靜地吐氣。

這時候我的世界，終於擺脫掉四宮、女生的人氣投票、戀愛那些東西，又再次充滿著靜謐。蘭花輕輕拍了一下我的背，她的手很柔軟，很溫暖。

就在此時，指揮茂實星近出現在走廊上，美波對他說：「啊！辛苦啦。沒想到茂實先生也來參加了啊。」

茂實有些苦笑地回答：「當然來啊，慶功宴我當然會參加。」

茂實俊俏的外表人人稱讚，他在管弦樂團中也很受歡迎。我沒有直接跟他說過話，但美波明明平時也不是特別認真練習，但在不知不覺中，開始會用很親近的口氣和他說話，這讓我有強烈的突兀感。

如果她覺得憑自己的個性，就是可以如此直接地跟受歡迎的男生講話，那就太愚蠢了。

我一時間這麼想。

茂實跟就讀四年級，曾經是長笛聲部，但現在已經退出樂團的稻葉學姐正在交往。不過，他們彼此都沒有承認這件事，而且不喜歡在別人面前有親密的舉動，更不會像其他學生一樣一起打鬧，兩人像幅畫一般美麗又登對。身材纖細又長得漂亮，氣質清新的稻葉學姐，跟美波那種靠衣服、化妝打扮出來的可愛完全不一樣，而且茂實也不可能把美波當一回事，她的行為，讓我覺得實在很愚蠢。

那一天，我和美波一起回家。

對於我哭了的那件事，美波完全沒有追問，只是聊著無關緊要的話題，像是：「接下來就要暫時告別泡在練習室裡的日子了」或是「美學美術史系的考試很難嗎？」這類的話。

不過，途中她說了一句我無法忽視的話，讓我非常震驚。

「妳會不會覺得，茂實跟蘭花很配啊？」

我不懂她為什麼會說出這種話。

他們兩個人沒有在練習時交談過，而且這麼低俗的事情，竟然可以若無其事地套用在他們倆身上，我開始懷疑美波的神經到底有多大條。更何況，茂實還有稻葉學姐呢。

「不要說了啦。」我說。而且對於她直接稱呼他「茂實」，我也無法忍受。

我沒有辦法克制住自己不對她發脾氣。

「這樣對茂實先生，還有蘭花都很不尊重耶。」

「會嗎？」

對於她那毫無羞愧之意的口氣，我聽了更是生氣。接著我又不禁心想：實在是很愚蠢。

這時候，美波又開口：「對了。」她的語氣就像是隨口問問，讓人不知道她是用什麼樣的心情問出口的。

「留利繪，妳是同性戀嗎？」

同性戀，這幾個字在我腦中一時無法轉換。我睜大了眼，面無表情地凝視著美波。走在住宅區回家的路上，在路燈稀疏的燈光下，那張臉還是輕浮地笑著。

「啊！對不起！看妳的反應，應該不是囉？」

「並不是！」

並不是。

我回答她的聲音，就像是機器人發出來的生硬機械音，我當下的心情，就像是腦袋被重擊一般。並不是。因為，我真的不是啊。

「為什麼妳會這麼問？」

「對不起。我並不是因為有偏見才這麼問的，只是，從妳的動作舉止、態度看起來，總覺得可能是吧。因為我之前念女校，也有同性戀的朋友，總覺得妳跟她們的感覺有點像。」

畢竟，留利繪念的不是女校，對吧？她又繼續問。

「如果是女校的話，因為一些肢體接觸，通常就看得出來，所以聽妳說妳不是，讓我覺得滿意外的。」

美波的語氣絲毫不顯慌張，這讓我更加煩躁。莫名其妙地懷疑完別人，照理來講應該要更慌張地找藉口解釋，或是用更多舉動來掩飾、彌補，為什麼她可以這麼冷靜？我的眼睛深處感覺到疼痛。懷疑我的她如此冷靜，反而是被懷疑的自己，口氣像是在著急解釋，這令我非常不甘心。

「沒有啦。我從中學到高中，就有很多很好的朋友，就只是大家感情都很好而已。我以前的確不是念女校，但是像妳說的肢體接觸，對我們來說是很平常的。」

「如果讓妳覺得不舒服的話，不好意思。」這句話差點脫口而出，但我沒有。我也差點問她：「妳覺得很噁心嗎？」但是這個問題太屈辱了，打死我也不想問出口。

我突然心想，或許在我的內心深處，對於女孩子白皙滑嫩的肌膚，是懷抱有憧憬的吧。

畢竟，我的臉……我的皮膚，是這麼的糟糕。

只要我將那些沒說出口的話告訴她，或許美波也會理解，而且反省自己竟然問了如此輕率的問題。不過，儘管我心裡這麼想，但我還是說不出口。光是想到，如果跟她說完，她還是沒有反省之意的話，我就全身起雞皮疙瘩。我無法允許這種事情發生。

在四宮身後，那些，訕笑的女生。

因為，就是有，那種女生……。

我在想，這會不會就像是性騷擾？

會被性騷擾的人，跟不會被性騷擾的人。

在人氣投票中，被寫上名字的人，跟沒被寫上名字的人。

到底是哪一種人，在被性騷擾後，會是留下較大陰霾的受害者？

到了這個地步，我才第一次發現。所謂敵人。並非四宮，也不是三宅。女人的敵人，就是女人。

十月夜晚的天氣，不冷也不熱。

明明路上很明亮，但卻打從體內感到寒冷。連內臟都是冷的。這樣一來，已經無法再感到溫暖了。我不禁打了個冷顫。

原來其他人是這麼看待我的？明明我做的只是很普通的事。

這出乎意料的打擊，讓我連眼淚都流不出來。不過，就心情來講，現在是今天情緒最亂，亂到快要哭出來的時候。

我覺得自己被羞辱了。

我甚至覺得，在中學時，和內心受傷的我抓著手，一起入睡的重要朋友，都一起被她取笑了。

「原來如此啊。早知道留利繪兒不是那種人的話，我就可以找妳一起去聯誼了。對不起，一直以來都沒找妳去，下次一定會約妳的。」

美波完全沒有發現我心中默默燃起的怒火，神經大條地這麼說。

我無法回嘴，只是身體顫抖，咬著嘴唇，拚了命撐著，但唯獨她那聯誼的邀約，我沒有給予回答。

◆

進入大學後過了一年，在多數女孩子對談戀愛較晚熟的樂團中，有些跟我同年的人，也開始交了男朋友。

儘管不像美波那麼高調，大家也都默默地有交往的對象。包括約會的話題，有時候還會聊到男友管太多，或是毫無進展、太過平淡這些煩惱，我就像是在聊其他話題一樣，聽著她們聊。

而我自己，一直以來都跟戀愛無緣，相信未來也一樣，並非抱持著悲觀放棄的心態，只是單純聽聽這一類的話題，我也從來不因此而感到自己矮人一截。

有一天。

深夜，我在距離大學有點遠的便利商店，要結帳時突然感覺到一股視線。我買了雜誌和飲料，男店員將手伸向要接零錢的我，就這麼停在那，盯著我看。

「啊！」我發出聲音。

他簡短地打了招呼：「妳好。」

是蘭花的男朋友。

英文系二年級，去年冬天，因為他是唯一當面向漂亮的蘭花告白的男生，所以就成了蘭花交往的對象。

「你是蘭花的……。」

「嗯。大塚。」

「什麼？」

「我是說我的名字，我叫大塚。」

雖然他的口氣很冷淡，但並不會讓我覺得厭惡。「妳是蘭花在管弦樂團的朋友吧？」他問。

我點點頭。

「嗯。」

「妳住在這附近嗎？不覺得離學校很遠嗎？」

「一開始太晚找房子了，所以學校附近的都被租走了。」

「喔喔。」

大塚點點頭。

「那跟我一樣耶。」

一直以來，雖然有見過面，但因為沒有實際交談過，所以不知道他的聲音像還在變聲期的少年，有些沙啞、粗糙。可能因為有在玩樂團，他的瀏海留得很長，偏黑的皮膚上還有一些痘疤。

雖然他或許跟蘭花或茂實那種美不同，但是總覺得他有自己的特色，應該也很受歡迎吧。只因為我是蘭花的朋友，對於同年級的我，他說話時會夾雜著敬語和親切的語氣，讓我覺得這應該是他的耿直和貼心之處。

「原來你在這裡打工啊？」

「嗯。因為我一直在打工，很少去學校上課，所以蘭花的朋友都把我當成沒出息的傢伙。」

深夜的便利商店，除了我以外，沒有其他客人。現在正值學期末，我的功課很多，明天也有兩科要考試。美學美術史系的課，很多都要死背硬記，上課內容也常常讓人快要跟不上。

當我聽見他提到蘭花的朋友，我內心發出微微的吱嘎聲。他一定是指美波吧。

雖然較常和蘭花去看電影或聽演奏會的人是我，但她們兩人走在一塊時，確實是很醒目。雖然美波會找蘭花去參加聯誼，但我總覺得那像是在利用蘭花，儘管我不喜歡她們兩個在一起的組合，但會因此認為她們才是朋友，也是理所當然。

「你說的朋友，是指美波嗎？」

「美波？」

「就是在管弦樂團裡，一個很可愛的女生。常常穿著迷你裙。」

「喔喔……。」

大塚像是自嘲似地露出淺淺的笑容。當他一笑，還能看到嘴巴右側露出來的稚氣虎牙。

「我不是很喜歡她。我就只在這裡跟妳說，我總覺得她很聒噪，而且胸部很大，感覺很沒氣質。」

心臟在此時，噗通噗通地發出聲響。

「請妳不要說出去喔。」大塚這麼對我說，還輕輕地吐了一下舌頭。

我的胸口還在噗通噗通跳動著，同時回答他：「好。」我把手輕輕地放在不同於美波的扁平胸部上。當我告訴他：「但是，你說出這種話好嗎？」時，總覺得此刻的我，變成了前所未有的自己。像是要尋求共犯，又像是變了個性格一樣，我心一橫地對眼前的男生說：

「你把女朋友的朋友說成這樣……。」

「死定了。我都忘了，她既然是蘭花的朋友，那一樣也是妳的朋友吧？妳的名字是叫……？」

「留利繪。」

我把我的名字告訴他。

「傘沼留利繪。」

「傘沼同學，妳和那個胸部很大的女生也是朋友吧？」

「不是。」

當我搖頭時，心情感到非常暢快。我早就想這麼做了。確認沒有其他客人走進店裡，也不會有其他人聽到後，我小聲地對他說：

「你也不要說出去喔。」

「好。」

「我也很討厭她。」

當我說完，大塚的表情瞬間愣住了。我們就這樣，不發一語地看著對方。過了一會兒，他噗哧地一聲笑了出來。「說得好。」他對我說。

後來，我經常在那間便利商店碰到大塚。雖然不至於會站在那邊聊天，但當他看到我時，也會打個招呼，或是在結帳時隨口聊幾句，我們大概就是這樣的交情。

因為那裡離學校比較遠，所以學生很少，而且更嚴格說起來，不管什麼時候去，客人都很少。我本來打算告訴蘭花，我和大塚經常在那裡碰到。但是，這或許並非值得一提的事。有一次，大塚突然問我：「妳最近有碰到蘭花嗎？」

我的胸口噗通作響。

「嗯？」我抬起頭來看著他。正當我心想，他會這麼問，是否就代表他最近沒有跟蘭花見面，結果不出我所料，他告訴我：「我最近都找不到她。」

大學二年級的夏天，指揮再次來到我們的樂團，我們也正式開始準備公演。

「可能樂團的練習比較忙吧。畢竟定期演奏會也快到了。」

「這樣啊……。」

「不然，你就來聽嘛。」

「嗯。但是，我對古典音樂那些的完全不懂。」

跟第一次見面時相比，大塚的口氣變得親和許多。對於蘭花或我會有興趣的事物，他的確感覺像是另一個世界的人。聽說他也很少去學校，那麼他跟蘭花見面時，到底都在聊什麼呢？

不過，或許不用特別聊什麼，也無所謂吧。很不可思議地，在大塚面前，我突然有這種想法。因為，我和大塚也沒有共同的興趣喜好，但還是聊得起來。

「我再借你CD吧。下次演奏會表演曲目的CD。」

「呃，古典音樂聽了不會想睡覺嗎？」

「才不會呢。而且，你應該要努力不要聽到睡著吧。」

對著嘁嘴開玩笑的我，他很直率地道謝：「謝謝。」還對我說：「時間也晚了，而且治安不好，妳回去小心一點喔。」因為他這句話，讓我的內心深處因感動而溫熱。

我提著沙沙作響的超商塑膠袋，回到家裡，關上門。

我得趕快寫明天上課的作業。

寫完作業就睡覺吧。不過，還是先洗澡吧。

我的腦中，想著很多事情。不過，那些都不是我現在馬上想做的事。我的腦袋很清醒，身體還很熱，就算去洗了澡、寫了作業，總覺得我今天恐怕是睡不著了。

他排班的時間，是到幾點呢？

定期演奏會預定要演奏的曲子，是布拉姆斯的第四號交響曲，但我根本沒有收錄那首曲子的CD。但是，我就是想借他。那種心情難耐地流竄於全身，「對了，我有一本書很想買，只要讀了那本書，或許今天就睡得著了」我接著想起這件事，騎上腳踏車，便往位於車站的反方向，開到深夜的二手書店騎去。

店內的古典音樂區，雖然有布拉姆斯的CD，但並沒有收錄第四號交響曲。心想這也無所謂，就買了那張CD，然後直接去大塚打工的便利商店。一如往常，店裡沒有客人，大塚看到我出現，表情顯得很驚訝。

「咦？妳……？」

我像是要蓋掉他呢喃的聲音似地，向他解釋：

「我在準備考試，結果有東西忘記影印了。」

因為騎腳踏車而氣喘吁吁，我試著緩和呼吸，並走向放在漫畫貨架旁的影印機。我恨自己沒帶可以影印的資料，同時投了枚十圓銅板進去，影印了一張CD封面。因為CD盒的厚度而漏洩出來的亮光，在站在機器前方的我臉上，由左至右地掃過。

就在此時，大塚站到我的後方。

「印好了？」

當他這麼一問，我不禁挺直背脊。「你這樣沒關係嗎？」我問。

「你不待在櫃台，沒關係嗎？」

「反正也沒客人會進來啊。這家店的生意很差。啊，如果被店長聽到，我又要被罵了。」

「對了！這個！」

我盡可能若無其事地將CD從影印機拿出來，同時祈禱眼前這個人，不要過問影印CD封面這種不自然的舉動，趁勢將CD遞了出去。

「什麼？」

「雖然這不是下個月演奏會要表演的曲子，但同樣都是布拉姆斯的作品。曲子雖然不同，但總是可以參考一下。」

早知道就帶個漂亮的袋子出門了。大塚點頭說：「喔喔。」我等他道謝收下後，「那我就……。」我準備離開店裡，他突然叫住我：「欸，妳很趕時間嗎？」

我在門口回頭。穿著便利商店制服的大塚，跟平常沒兩樣地站在那，跟我說：「我快下班了。」

「我送妳回去吧。時間這麼晚了，而且治安不好。」

「不用了啦。」

雖然我當下這麼說，但心裡卻是期待的。期待著他接下來對我說的話。

「不行，這樣太危險了。」聽到他再次堅持，我不禁輕輕握緊拳頭。

和他一起走在路上，我並不覺得自己是在背叛蘭花。

反而是覺得我贏了美波。

美波認為的那個「沒出息的傢伙」，還追問蘭花「為什麼要跟那種人交往」，一直讓她有所戒心的蘭花男朋友，跟我卻是很熟。他會找我聊蘭花的事情，我是受到他信任的。

「你為什麼不去上課啊？」我問，他回答：「我們家只幫我付學費，所以生活費就要靠自己賺。」

我想，受到父母百般寵愛，還有不少生活費可拿的美波，大概從沒想過大塚可能有這樣的苦衷吧。

我牽著腳踏車走，大塚則走在我的身旁。

他說治安不好的深夜路上，空氣很清新，路燈的黃色燈光耀眼閃爍。我突然想起一件事，告訴了他。一路上，我不斷在找聊天的話題。

「去年冬天，我們樂團裡有個女生被性騷擾了。」

「是喔？」

「我們樂團，會找專業的演奏家來當指導老師，請他們來看我們各個聲部的練習。去年剛來的指導老師，就惹出事情來了。跟我同樣是拉小提琴的女生，聽說要談有關聲部的事情，就被叫了過去，結果那個老師要求女生跟他交往，而且還在教室裡突然抱住她。」

每個聲部的指導老師，基本上都是在專業樂團裡累積多年經驗，且大多是品格高尚的人，有很多學生還會找他們個別指導授課。所以一般來講，是不會發生這種問題的。而惹出問題的指導老師，在我第一次見到他的時候，就有不好的預感。

我們這個年級的小提琴首席是我，但如果有什麼事，他通常不是找我，而是找蘭花或別的女孩子。「有關聲部指導的事，我有東西要交代。」他這麼說，便把受害的女生找了過去，現在想想，這舉動本身就不合理。

受害的女生，當天就跑到另一個也是小提琴聲部的女生家，繃緊全身一直哭。我當時接到電話趕去，另外還有幾個同樣聲部的女生也到她們那裡。大家一起在商量，究竟要跟顧問說這件事，還是先找社長談。

對著正在哭的她，還有圍著那個女生的其他人，我當時說：「如果是我去的話，那就不會發生這種問題了。」

「因為如果是我的話，他應該就不會出手了。我覺得我也有責任。」

我說完，美波在其中一臉憤怒地看著我。就像是她看到了難以置信的事。

一直以來，我的內心裡對她抱持著很多想法，相信她對我也是一樣吧，但是她當面對我擺出那樣的表情，這倒是第一次。大家現在聚在一起，但是蘭花不在。我不知道為什麼她沒有來，也許只是巧合，她沒有在場。

「妳可以跟我過來一下嗎？」

美波把我叫出屋子外，她說：「這件事很重要嗎？」

「她碰到那種事情，現在是在她面前，展現妳的自卑感比較重要嗎？」
平常總是輕浮的美波，臉上沒有一絲笑容。
「自卑感？」我答道。我露出一臉不知道她在問什麼的表情。
「算了。」美波說。
在離開前，她回頭轉向我，又恢復成她平常的表情。
「……對不起，說了這麼嚴厲的話。」

「她們生氣了。」
我對大塚說。而且希望他可以聽我說完。
「如果換成是我，應該就不會碰上這種事情，所以我才想，如果是我代替她去就好了。所以我才覺得自己也有責任。但當我這麼一說，在場的女生都很生氣。」
「那不是理所當然的嗎？」
大塚走在我身旁，看著自己的腳尖這麼說。
「為什麼？」
他並沒有看著我，我看向他的側臉，他這才轉過來看我。
「那是因為妳不珍惜自己的關係吧。」
我吸了小小一口氣，屏住呼吸。我「嗯」地一聲點點頭。

那一天，我讓他送我回家。

到了家門前，心想就要這麼分開了，心裡雖然有些遺憾，但也僅只如此。

大塚點點頭說：「喔……原來妳家在這啊。」而我也知道了他的下班時間。

不過，當時我對此還沒有什麼自覺。

從我借他CD那天開始，我們之間的距離便拉近了。

雖然總覺得，我平常會見到大塚這件事，也該趁著在樂團見面時跟蘭花說了，但是一直錯過時機，日子就這麼一天一天過去。

「練習完，有誰要一起去吃飯的？」當學長姐這麼一問，蘭花毫不猶豫地舉起手，還問我：「留利繪也會一起去吧？」但我心想，難道她不用跟大塚見面嗎？

「妳不去找男朋友，沒關係嗎？」

我曾經這麼問過她一次。而蘭花只是用她招牌的可人笑容，像是在打馬虎眼，很開心似地笑了一笑。

看她的表情，我想他們應該交往得滿順利的吧。也許，她也從大塚那裡聽說過我的事情了吧。

若是如此，知道我借大塚布拉姆斯的CD，蘭花會怎麼想呢？當我一想到這點，我突然很後悔自己做過的事，身體縮在一塊。我感到非常羞愧，耳朵發燙，接著還感到非常害怕。

「CD，也該還妳了吧。」
大塚快下班時，我到便利商店去，在把裝有商品的袋子交給我時，他這麼問。其實，什麼時候還都無所謂。因為，那張CD我平常根本沒有在聽。
但是，如果蘭花在他房間看到的話……。如果蘭花發現我借了大塚CD，卻什麼都沒告訴她的話……。
我並非刻意隱瞞，只是說不出口而已。我在心裡找著藉口，點頭說：「嗯。」
為了要拿回CD，我第一次來到他家。
那裡比我住的地方還要老舊，是棟木造公寓，他就住在一樓，我實在看不出蘭花會到這樣的屋子裡來。我走進屋裡，在他那比我想像中整齊的房間裡，我因為從沒聞過的味道而感到不知所措。那像是霉臭味，又像是動物的味道，也像是食物腐敗的氣味，雖然並不強烈，但淡淡地飄盪在他房間裡。
我想，這或許就是男人房間的味道吧，但是，在老家父親的房間也沒有聞過這樣的味道。難道，這就是年輕男人房間的味道嗎？
我提起蘭花的事情。
就像是為了確認，因為有蘭花，所以我們之間什麼也不會發生。
一年級的時候，有個同年級的女生，提到她讓青梅竹馬的男生住在她家，因此被樂團裡的學姐罵了。她說就算什麼事情都沒有發生，還是不可以嗎？

我當時覺得學姐很過分，在一旁靜靜地看著。

我也有男生的朋友，是從中學就認識的朋友。如果讓他們住在我家，我想應該也不會發生什麼事吧。那個學姐一定是沒有這樣的朋友，所以才無法理解，我有些驚訝地看著她們。

深夜，在大塚的房裡，突然響起下雨的聲音。當雨下得很大時，他問我有沒有帶傘。我怎麼可能有帶傘，我搖搖頭。大塚說，他家也沒有傘。接著還說，在這睡一晚，再回去吧。

我幫妳準備棉被，妳睡一晚再回去吧。

等到早上，雨應該就停了。

他睡在地毯上，把自己的床讓給我睡。「枕頭的高度，這樣可以嗎？還有這個，給妳墊著。」他在枕頭上鋪上一條皺皺的毛巾，讓我一個人睡床。他把電燈關到只剩一小點亮光，屋內也變得微暗。

在那之後，我已經不記得是否還有下雨的聲音。

我就這樣閉上眼。應該不會有什麼不該發生的事。什麼事也不會發生。

不過，就在下一刻。

原先應該已經消失在廚房那頭的大塚，他的氣息突然在黑暗中靠近。明明剛剛還在和我交談的他，突然營造出一種什麼都不准問、什麼都不准說的氣氛，接著就從上方緊緊抱住我的身體。

房間裡飄盪的男人氣味，變得強烈。

「來做吧！」

他說。

我並沒有抵抗。心臟以前所未有的速度與力道，快速且用力地跳動著。從來沒人如此對我說過，我也不清楚該如何回答。

唯獨這個時候，蘭花已從我的腦海中消失。大塚的嘴唇，碰觸著我的。啊……此刻的心情，讓人難以置信。

我有點搞錯重點了，竟然覺得感動。

只要住在男人家，只要是男女獨處，真的就會發生這種事嗎？男人就一定會像義務似地主動出手嗎？這種事，我一直以來都不知道。

接著，我開始想。過去我聽到別人在交往，雖然對我而言很不真實，也無法想像，但每一對情侶都會做這種事嗎？蘭花和她的男朋友，也會做愛嗎？

我回想起父親和姊姊的事。

姊姊長得像父親。

我則是長得像母親。

母親說過，要不是懷了父親的孩子，否則一定不會跟畫家這種人結婚。在我懂事之後，母親就經常因為地區的志工活動，或是她有興趣的社團活動而忙碌，因此我們家很少四個人一起去哪裡玩。

芭蕾舞，只有姊姊持之以恆在學。

姊姊的芭蕾舞鞋，都是爸爸親自彎下腰幫她穿上。即使是在不需要上課的日子，也一樣。我經常看到姊姊將腿打得筆直，很緊張似地熬過那段穿鞋的時間。這個時候，姊姊的視線，就會從蹲在她腳邊的父親身上移開。

當我們全家去旅行，一家四口睡在旅館同一間房裡時，到了晚上，父親會說：「很冷吧？到爸爸的被子裡來吧。」我總心想，為什麼只有姊姊可以到爸爸的被窩裡睡。

姊姊鑽進被窩裡，父親的手伸進了她穿著睡衣的背。睡衣捲起的白皙背上，父親大大的手剛好貼在上面，不知道為什麼，我當時總是裝作沒看到這情景。趴睡在被單上的姊姊，裝作好像沒有那隻手的存在似地，又好像死掉似地，一動也不動。

有很長的一段時間，父親的手就這樣一動也不動。也沒有撫摸的動作，只是沒有離開過姊姊的背。

在旅館的被子裡假裝翻身，我把臉轉向睡在另一邊的母親。當我帶著像是呼吸困難一樣的心情轉過去時，我看見母親在黑暗中睜著雙眼，直直盯著天花板看。為了不讓面無表情看著上方的母親發現，我拚了命裝睡。我努力假裝自己沒看到，母親把所有注意力都放在父親跟姊姊身上。於是，在沉默當中，我們一家誰也沒有動作。

從小，父親畫中的人，就只有姊姊。

我從來沒有在他的畫裡出現過。畫中的姊姊，有著一張白皙透亮的美麗臉龐。跟我這個長滿紅色痘疤的臉，完全不一樣。

我比姊姊高，看起來也很適合跳芭蕾舞，但是我的背不夠挺，腿不夠直。明明我比姊姊瘦，但是小腿肚比姊姊粗，整體看起來就是不好看。我沒有一個地方比得過姊姊。

但是，我很喜歡姊姊。

超喜歡。

姊姊高中畢業離家前，父親總是突然闖進我的房間，但要進到姊姊房裡之前，卻都會敲門。

當我朋友來家裡玩時，他拉開嗓門在走廊上喊著：「衛里菜、衛里菜在家嗎？」我讓朋友留在我房裡，走到走廊上去。當父親看到我時，他臉上的表情，像是在說「我不是要找妳」。

「姊姊不在家喔。為什麼這麼急著要現在找她？」

父親沒有回答。

在姊姊離開家之前的那段期間，父親和姊姊有過好幾次爭執。而這個時候，母親總是不在家。

如今，姊姊雖然會和我見面，但卻不願意見到父親和母親。至於原因，她從未跟我提起。

不過，我在想，姊姊她……。
或許，姊姊她很痛苦。但儘管如此，一個被選上並且受盡寵愛的人生，和一個沒被選上的相反人生，我還是覺得前者比較好。

「跟我可以嗎？」
我這麼問大塚。
身邊有個像蘭花這麼美的女朋友，他會選擇我嗎？但是，就在此時。
緊緊抱住我的他點點頭，接著說：
「該怎麼說呢，我算是從以前就喜歡怪一點的女孩子吧。」
怪一點，聽到這句話，我默默地屏住氣息。然後，我用盡全力將他的身體推開：「我不要！」
如果，他是說因為我漂亮、可愛，或是說我不知道，都好。我反射性地離開他的身體。
……怪一點，這句話讓我僵住了。
不過，其實我並非真的不要。
大塚應該不會就這樣放棄吧。他應該，會再緊緊抱住我吧。若是如此，我就會給他回應的。
然而，看著眼前的他，……我發現自己犯了致命性的錯誤。

大塚露出意外的表情。

他臉上的表情告訴我，他不會再向我求歡、親吻或擁抱我。很明顯地，他的樣子看起來很尷尬。

在微暗的屋內，他噘起嘴嘆了口氣。等一下，不是這樣的！我在心中不斷解釋、抗拒，他對我說：「我知道了。」

「知道了。我去那邊睡，等雨停了，妳就走吧。」

接著，什麼事都沒有發生。

那個夜裡，儘管我在床上繃緊著身體，他也不再靠過來。早上在天亮之前，我感覺到他走了出去，而且沒有再回來。

我後來起身時，在他的房間裡，就只有我一個人。

◆

在大塚家發生的事，我該怎麼對蘭花開口？

又或者，蘭花已經聽說了？

對於我推開他這件事，我感到很後悔，很後悔，就是很後悔。跟他相處的那段時間，我該怎麼做，才有辦法再恢復到那個時空與氛圍呢？儘管我苦思這個問題，但仍舊找不到方法。即便我知道他的家和打工地點在哪，但沒有人教我，我該跟他說些什麼，又該如何跟他相處。

若是要商量跟男生之間的事情，其實，我最想找蘭花聊。但是，我的對象是個無法找蘭花商量的人，這件事讓我很痛苦。

練習結束後，我試著對跟我同一個聲部的蘭花說：「我有喜歡的人。」蘭花很驚訝地眨著眼，接著問我：「真的嗎？是誰？妳們系上的人嗎？」她什麼都不知道，還很天真地說：「妳願意告訴我，我好開心。」

「最近美波才說過我，她說我別說是初戀了，感覺像是連青春期都還沒來過，現在找到喜歡的人，真是太好了！抱歉，總覺得現在我對留利繪妳的感覺，很接近美波的心情。」

我感覺胸口刺痛。只要我一想到，我和她「喜歡的人」可能是同一個，我就不知道該怎麼回答她。

接著，我心想。我應該也和蘭花一樣，連青春期都還沒來過。

大塚那幾乎沒客人上門的便利商店，在我正因為尷尬，而猶豫著該不該去的時候就倒閉了。

關店後，便利商店只剩外觀維持原貌，玻璃的內側都貼上了紙，每當我經過那棟建築前，胸口總是糾結刺痛。

我不斷在想，為什麼大塚不跟我聯絡呢？畢竟，如果我把那天晚上發生的事告訴蘭花，他應該也會覺得困擾。

我每天期盼他會主動跟我聯絡，某一天，我在美波的住處樓下，遇見了蘭花。

我見到她，而她那時正在哭。

那一天，樂團裡小提琴聲部同年級的人，大家都到美波家去吃火鍋。雖然鍋碗瓢盆她都有，但因為不會切菜，所以她召集大家過去幫忙。我因為住得比較遠，所以只有我一個人比較晚到。

我在美波住處的停車場停好腳踏車後，馬上就看到蘭花走了過來。當我看見她的表情時，非常驚訝。

「蘭花，怎麼啦？」

蘭花一直在哭。就連朋友都說她沒什麼情緒，現在卻大哭成這樣，連眼睛都紅了，我之前從未看過這樣的她。而且，我原先聽說蘭花今天沒有要來聚餐的。

「留利繪。」

蘭花一臉驚訝的表情。那個模樣很不適合她，哭得不成人形的臉又更加糾結，「為什麼妳在這裡？」她問我。

「今天小提琴的人都來這裡吃火鍋啊。」

對於正在哭的她，我感到困惑的同時，也將她一起帶到美波的家裡去。在不清楚事情原委的我面前，她一直不發一語，直到抵達美波家，在美波走出玄關的瞬間，她才突然嚎啕大哭。

「小蘭。」美波說。

「是因為茂實先生嗎？」美波問，蘭花竟然點了頭，在那一瞬間，我的頭好像被烤到灰白似地疼痛。

美波的視線先是看往其他跟我一樣不清楚狀況的人，接著像是要把蘭花藏起來似地，關上了門。她在屋子外抓起蘭花的手，而那雙手彷彿要崩落一般，蘭花傷心地哭到不能自己。

「他沒有把我的事情，告訴稻葉學姐。他說，不覺得有說的必要。美波，妳覺得呢？」

「啊？這個嘛……。」

當稻葉學姐的名字出現，我感覺後腦像是遭到重擊一般，我受到很大的打擊。

……妳會不會覺得，茂實跟蘭花很配啊？

曾經，美波說過的話，就像惡夢一樣在耳邊迴盪。我完全沒有發現，也從來沒有想過。

我一臉茫然，「什麼時候開始交往的？」我不知所措地問。

我非常震驚。但並非因為蘭花跟茂實在一起，而是蘭花竟然從來沒跟我提起過，這才是令我深受打擊的原因。而且，美波早就知道這件事了。

明明我們這麼要好。

我一直以為比起美波，我和蘭花的感情比較好。

「為什麼我不知道這件事？」

蘭花和美波都沒有回答。沒人理我的這段時間，我尷尬得不知道該如何是好，突然間，我問了出口。提起了他的名字。

「大塚呢？」

「已經分手了。」

代替蘭花回答的，是美波。

我到了大塚家找他，他顯得很冷淡。

那個下雨的夜晚，他抱著我，親吻我，在我耳邊呢喃：「來做吧。」而這一切就像沒發生過一樣。「喔？妳來囉？」他這麼對我說。臉上還微微帶著笑意。

我們沒有太多互動。

當我問他，他是用何種心態對我做出那種事，他回答：「這……因為我沒想到妳真的會跟著我回家，而且一般來講，也不會真的住下來啊。」

「我並沒有什麼特別的意思。」我不是很明白這句話有什麼含意，他繼續說著那天晚上的事。

「因為，我是蘭花的男朋友耶。我們怎麼可能嘛。」

「什麼意思？」

既然他是蘭花的男朋友，那為什麼想跟我上床，會沒有什麼「特別的意思」？明明他就想上床，明明就親了我。

他是想說，因為我是蘭花的朋友，所以他不可能對我下手嗎？

還是。

當發現到另一個可能性，我感到極度絕望。

因為他跟蘭花這麼可愛的女孩子交往，所以怎麼可能會對我有意思……他是這個意思嗎？

「夠了吧？」

大塚一副束手無策的樣子，疲倦地說：「我跟妳道歉，是我不好。」

他就站在屋子門前，看起來也沒有要請我進去的打算。我原本心想，也許今天能接續那天晚上的發展，所以還換了衣服，沖了澡，連頭髮都梳理整齊，讓自己身上散發著香皂味，這些舉動絕對不能讓他發現。死也不能讓他知道。

「我現在有喜歡的女生。所以我向妳道歉，妳快走吧。」

「我只是……。」

我又不是因為喜歡他，所以才來的。

我只是，想要知道那到底是什麼意思，又是怎麼一回事，所以才來的。所以，我不懂為什麼他要提起自己有喜歡的女生。我又沒有喜歡他。

我希望他不要會錯意了。

那一天，我沒有去樂團練習，而是一個人在家裡哭。

這是我第一次請假沒去練習。我知道的所有詞彙，不足以形容現在的心情，我心中浮現的名字，既不是大塚，也不是四宮，更不是姊姊，也沒有咒罵美波，不知道為什麼，出現的是蘭花的名字。

我一直在心裡向蘭花道歉。

對不起，對不起，蘭花。

因為我曾經想要背叛妳，所以才會遭到這種報應。

叮咚！門鈴響起。有人在這時候來找我。因為不知道是誰，所以我不發出聲響地湊近貓眼查看，發現是蘭花獨自站在門的另一邊。

當我打開門，蘭花驚訝地屏住氣。她那漂亮的眉宇之間淺淺皺起，她用著銀鈴般的可人聲音問：「妳在哭嗎？」

我沉默地點點頭。

蘭花好像是特地來看我的。我看她提著學校附近花店賣的小花束，還有裝著草莓的超市提袋。

「我可以進去嗎？」她問，「請進。」我帶她走進昏暗的屋內。接著我開口。

我告訴她，我跟男朋友分手了。

蘭花很驚訝。或許，她壓根沒想到我會有男朋友吧。不過，「是妳之前說喜歡的那個人嗎？你們在一起了，對吧？」她問我的口氣和態度，就像是在和一般視戀愛為理所當然的女生朋友講話一樣。

我告訴蘭花，我受不了對方的言語暴力。

我告訴蘭花，他激動地說，他一直以來都是跟面貌姣好的可愛女孩交往，怎麼可能會去搭理像我這種醜女。

因為他交到了漂亮的新女友，所以跟我提出分手，當我這麼說出口，蘭花驚叫：「好過分！」

我愈來愈停不下來。我希望蘭花可以聽我說，我希望她可以了解我。我心想，把過去的一切都說出來也無所謂了。

我一直以來，都在遭受言語上的霸凌。

這比身體遭到毆打還來得痛苦，雖然不會留下明顯的外傷，但在身體裡、心裡的每一個地方，都留下了數不清的傷痕。而那些傷痕，長久以來也一直折磨著我。

我將這些悽慘的遭遇說給蘭花聽，然後，我也責備蘭花。

我希望蘭花也能反省，並且向我道歉。

我心想，唉，這究竟有什麼差別？

對小提琴聲部的女學生下手，被當成性騷擾而離開樂團的指導老師，以及對蘭花下手的茂實，他們之間究竟有何差別？

為什麼，在不知不覺中，在我不知情的情況下，他們的關係就演變成這樣了。

「有一件事，我想要告訴妳。」我拜託她。

「蘭花，妳常說美波是妳的『好朋友』，對吧？」

「咦？嗯。」

蘭花露出不懂為何我會這麼問的疑惑表情，靜靜地看著我。

「我可以理解。」我說。

「對妳而言，因為可以跟美波商量茂實先生的事，她跟其他朋友相比或許是不太一樣，這一點我可以理解。但是，每當妳說她是『好朋友』的時候，我都有一點……雖然稱不上是受傷，但我總覺得，好像在我面前畫出了一條線。」

蘭花不發一語。

我覺得，如果再等一下，她應該就會對我說：留利繪也是我的好朋友啊。但我還是繼續說下去。

是美波最先開口，說出茂實和蘭花之間的關聯。

所以，我總覺得，是因為這件事，所以讓她成了蘭花特別的朋友，因為認為自己晚了一步，進而感到焦慮、慌張。

我認為，只要她當初沒有說出那種話，蘭花跟茂實現在也不會交往。即使這樣的想法，根本就沒道理。

「我並不是要妳不要再說美波是妳的『好朋友』。但是，我希望妳知道，每當妳這麼說時，我心裡會有點疙瘩。」

我想說的話，源源不絕。

「而且，我對自己的長相很自卑。」

我在說的同時，也覺得這句話聽起來，就像在說蘭花都是以外表來區分朋友跟『好朋友』，但我就是停不下來。或許蘭花會用曖昧不明、生硬的笑容來打馬虎眼。如果真是這樣，那我該如何是好？

但是，蘭花的表情很認真。

「……嗯。」

她輕輕點頭。

她用著伶俐明亮的雙眼，看著我的眼睛，點點頭接受了我說的話。

「我知道了，留利繪。」

◆

為什麼，戀愛永遠都被視為比友情來得重要？

聊天時會提到跟幾個人交往過，但是卻不會聊到彼此有幾個朋友，也不會聊這當中有多少人是真的對自己敞開心胸，彼此了解的。

戀愛，明明就是個隨時會畫下句點、輕浮的東西，相較之下更加長久的友情，卻從不會變成聊天的話題。

在茂實的住處，蘭花被他的情婦趕出來的那一晚。

我搭著計程車去接蘭花。我感到很得意，從來沒有這麼開心過，去找蘭花的那段距離和時間，都讓我焦急不已。

我會如此得意，是因為她終於選擇依賴我。

在茂實住處附近的路上，我看到滿臉通紅、微微顫抖的蘭花，讓我好想趕快衝上前去緊緊抱住她。

「留利繪。」

蘭花看著我，流下眼淚，她不斷向我道歉：「對不起，對不起。」

「對不起，每次都在這種時候拜託妳。」

「妳在說什麼啊！」

我說。

「我們是朋友啊。」

舉例來說，好朋友的定義，究竟是什麼？

雖然會這樣叫我的人很多。

但是，我很在意對彼此的稱呼方式。
她們倆叫彼此美波、小蘭，相較之下，我叫她蘭花，她叫我留利繪，雖然是很親切的叫法，但顯得稍微客氣了一些。
我安慰著不斷抽泣的蘭花，而這個美麗女孩的哀傷心情，也感染到了我身上。
距離我極為遙遠的世界，她付出了一切代替我去體驗。
包括戀愛、茂實、不倫、情婦在內的那個遙遠世界。
在系上和我不同掛的女生，那時也經常討論起戀愛的話題，這種時候，我總是感到很自卑，但是只要有蘭花在，我就不會覺得害怕。
即便是我，也曾經聽蘭花說過這類的話題。
她還會來找我商量。
只是劈腿或是聯誼，跟蘭花現在牽扯上的事情比起來，根本就不算什麼。更重要的是，她們那些人沒有一個比蘭花美，也沒有人和值得炫耀的對象交往。
如果可以，我真想讓那些女生看看，我和蘭花一起走在校園裡的樣子。我就是想讓她們見識看看。
那些所有嘲笑我、傷害我的人，我想讓他們都看看蘭花。
當蘭花母親問我，要不要跟蘭花一起住時，我簡直難以置信。

我的父親，和曾是他的工作夥伴，一直以來很信任的畫廊關係決裂。我父親本來就是靠著那間畫廊，好像還都是以強硬的方式賣畫給對方，但儘管很明顯的是他做錯決定，還是無法拉下臉來向對方道歉。父親的畫，已經沒有人會買了。我的升學計畫，也變得崎嶇難行。但是，若要從事館員工作，就必須繼續念研究所。

這段時間，母親開始用她那尖銳的哭聲，頻繁地打電話過來。

母親拜託我，要我去向在群馬縣開獸醫診所的姊姊開口，請她幫忙分擔家裡的開銷，但是她始終沒有點頭答應。我那美麗的姊姊，堅定地告訴我：「要我幫忙可以，但只有妳。」

「留利繪，妳的生活費和學費，我會幫妳負擔，妳就放心去念研究所吧。」

她這麼對我說。

我大略跟蘭花提起這件事後，蘭花說不出話來，接著還紅了眼眶。

「啊。」我心想。

她那細緻白皙的手，抓起我的手，問我：「妳還好嗎？」

「對不起，留利繪。我總是只顧著找妳商量自己的事，妳家裡狀況變成這樣，我卻完全沒有發現。」

「妳不用在意啦。而且升學的費用，姊姊說她會幫我出。」

「對不起。如果有什麼我幫得上忙的地方，妳儘管說喔。」

……雖然她這麼對我說，但我對蘭花，其實沒有抱任何具體的期待。所以，我萬萬沒想到會發生這樣的事。

「留利繪，妳聽蘭花說了嗎？」

蘭花的母親，直接打電話到我家裡來。

「當然我也有覺得，這麼做對妳也好，但其實我是想拜託妳。蘭花這孩子，有時候情緒不太穩定，所以不知道能不能拜託妳待在她身邊，陪陪她呢？」

就在此時。

我的耳邊響起了「我被選中了」的聲音。這麼一來，我就放心了。

蘭花的母親選擇了我，而不是美波。

她選了我，作為蘭花的好朋友。

退出管弦樂團後，我繼續升學，但周圍的人都開始找到工作了。

優秀又美麗的蘭花，找到了在大公司四葉商事的工作，從旁觀者的角度來看，未來看似沒什麼好擔心的，但蘭花母親擔心的是茂實。

茂實送的那條百合模樣的珍珠項鍊，每天都搖掛在蘭花的脖子上。

除了我以外，蘭花其他一起待過樂團的好朋友們，包含美波，已經好多次都勸她跟茂實分手。就像是當初說大塚是「沒用的男朋友」一樣，她們對蘭花說：「那種男人，最好是趕快分手。」

那個年紀很大的情婦，還有並不打算跟情婦斷絕關係的茂實，他那猶豫不決的態度，蘭花明顯地因此變得更加憔悴。

「美波只會叫我跟他分手。」

看來，她想聽到的話，並非這一句。

雖然我幾乎沒有提過，但我也想得到茂實的認可。不只是蘭花的母親，我也希望她的男朋友，可以認定我是蘭花的好朋友。

茂實大概也討厭像美波那種既粗俗，又普通的女人吧。我一直這麼覺得。那種除了眼前的現實世界，對文化等事物都不了解的女人。

我認為，我比那個女人還要清楚有關茂實的事。他拜以為師的室井，我也是從以前就知道有這號人物。

就像蘭花會找我商量男朋友的事一樣，我也希望茂實可以來找我。希望他會因為蘭花的事情，而來問我：「妳覺得怎麼做比較好？」

那年冬天，帶著坐立難安的心情，等待我喜歡的指揮家，率領德國的知名樂團來到日本。因為家裡不再給我生活費，身為學生就只能忍著不花錢買門票。當初父親的畫賣得很好時，他會用他那鮮少動用的廣闊人脈，無論是什麼公演或是表演，都會想辦法讓我去。雖然父親對我毫無興趣，但在這種時候，他還是會不惜方法為我付出。

就在我猶豫不決的時候，日本公演的票就已經全數售完，我很不甘心，隨口跟蘭花說：「聽不到我就死不瞑目。」

於是，過沒多久蘭花就來約我：「如果妳不介意只是公開演練的話，要不要一起去聽？」

聽說是因為樂團中，有茂實認識的人。

「我跟星近說了之後，他反而覺得很不好意思，因為沒辦法弄到正式表演的票。不過，如果是看公開演練的話，就不需要門票錢。」

……我這輩子，都不會忘記那一天。

那天就像做夢一般。

我走在蘭花身旁，一起到了休息室門口，向幫我們準備座位的樂團小提琴手道謝。我當時覺得，茂實真的是神通廣大。

「聽說阿貝爾先生的弟弟，也在同一個樂團裡喔，大概就是坐在第三排的那個人吧。」

不同於正式表演，演奏廳裡只有零星觀眾，也還有空位，我們坐下後蘭花馬上就小聲地這麼跟我說。格子襯衫和牛仔褲，這些世界知名的演奏家，以私底下的穿著打扮站在台上，面對吵雜的觀眾席，也毫不介意地準備著他們的樂器，看到這一幕，我不禁顫抖。

「蘭花，謝謝妳。」

我完全投入其中，並且向蘭花道謝。

「明明還有很多人也會想來，但是妳卻只邀請我來見識了這麼棒的場面。」

「沒那麼嚴重啦。雖然我的確有拜託星近認識的人幫忙，但是公開演練一般也會刊登在報紙上，開放報名啊。」

「怎麼會。我真的很開心，謝謝妳！」

無論是蘭花或是茂實，都認為我是懂得欣賞這種場面的人。

◆

畢業前夕，因為已經退出樂團，我幾乎沒再跟美波碰到面。

蘭花還是一如往常地會提到美波的名字，雖然這讓我默默地很受傷，但我表面上，還是維持一貫不受影響的樣子。我覺得這是成熟的大人才能展現的態度。只要到了這個年紀，就能夠辦到嗎？對此，我自己都感到驚訝。

直到這個時候，我才試著對樂團裡的同學，提出我一直以來的疑問。

「我想問妳們，美波那麼在意我，應該跟我爸爸是畫家沒關係吧？」

雖然我無法打從心底尊敬自己的父親，但是身為小有名氣畫家的女兒，我也有自覺，一般來講大家會對我投以另類的目光。像我第一次見到她時，她也像大家一樣，說蘭花家的「環境很好」。

我一直在想，她該不會是嫉妒我或蘭花的家庭背景，當我這麼一問，樂團裡的同學不是搖頭說：「這麼嘛……」，就是說：「不知道耶。」

跟美波最後一次好好說到話，是三年級秋季公演慶功宴的時候。

她會說首席應該換成蘭花，很明顯地，她們家的教養方式和她對音樂的態度，都跟我或蘭花截然不同。一直以來，因為她的粗線條而對我做出很多過分的事，但那次是引爆的導火線。後來若不是有蘭花居中協調，幫我向美波解釋，我真不知道結果會是如何，光想就令人發顫。

她明明對我做了那麼過分的事，慶功宴的時候竟然還滿不在乎地對我說：

「我們這一屆，真的幸虧有留利繪在。」

「本來首席這個位子，就非留利繪莫屬嘛。」

我沒有辦法從容地拿出笑容面對她。「我說啊……。」我問她的聲音，冷淡得連自己都難以置信。

「……妳覺得妳有資格說這種話嗎？也不想想，妳對我做過些什麼事情。」

我的態度強硬，美波睜大了眼睛。我說了，在大家面前，我說得一清二楚。

「我不想再跟妳講話了。」

我打算就這樣絕交，轉身留下呆站在原地的她。

後來，聽說美波找到出版社的工作，這讓我非常無言。我知道的某本戲劇雜誌，就是那間公司出版的，我不認為像她這種人進去之後，工作會順利。

屬於第二小提琴，曾經和美波交往的學弟，在她畢業之後，我看見他和別的女孩子走在校園裡。

留在學校裡的我，在這大家都離開的世界裡，好像獲准得到自由一樣。現在走在校園裡，我再也不需要擔心，如果碰到美波或是她的朋友時該怎麼辦。我有著滿滿的解放感。

美波的前男友，像是以為全世界都繞著他打轉般，在學生餐廳裡放聲大笑，同時也對著像美波一樣，打扮妖豔的新任女朋友笑。因為這一幕，打壞了我的心情。以前，只要碰到戀愛話題，我就會感到無地自容，如今那就像是夢一場。因為我也牽扯上了戀愛的問題，所以我也知道了，那並沒有什麼了不起的。

我曾經碰過男人對我下手，還對我做出過分的事情，所以我都明白。

我並非談不了戀愛，是因為不喜歡，所以才不談戀愛。我的心情很平靜。

「留利繪，妳不交男朋友嗎？」

蘭花問我。

「像妳這麼會做菜，人又溫柔，跟妳交往的人一定很幸福。」

「啊……交男朋友這件事，我已經放棄了。」

我回答，我已經得到教訓了。

「如果留利繪是男生就好了。」

蘭花說。

「如果是這樣，妳真的是我的理想對象呢。」

◆

管弦樂團的人，大家都找到工作，踏入社會，視野變得寬廣後，茂實星近大概是無論誰都會勸蘭花「趕快跟他分手」的人。

蘭花愈來愈常被他弄哭，也鮮少對我提起兩人甜蜜的事情，怨言倒是壓倒性的愈來愈多。

他這麼不珍惜蘭花，導致我也大為光火。不僅如此，他還像是篤定蘭花不會離開自己身邊，那種傲慢的態度，更使我無法原諒。

「星近前陣子在比利時，好像又跟菜菜子太太見面了。他可能在想，我和菜菜子，他到底應該留在誰身邊吧。」

「當然是妳啊。」

聽到蘭花的哭訴，我告訴她我的真心話。

在我當首席的那一年，我向茂實問了電話號碼。我希望他不要再讓蘭花傷心流淚了。

既然無法好好珍惜，那你乾脆主動提分手，給蘭花自由吧。我煩惱許久，打算這麼告訴他。雖然我這麼做，會被當成是多管閒事，但我真的已經看不下去了。

大家從蘭花口中聽到茂實的事後，都只會不負責任地答腔，但唯獨我，會想要為她做出一些具體的行動。

不過，當我下定決心，緊張地撥出電話，在電話的另一頭，「喂。」接起電話的茂實，聲音聽起來很輕鬆。

「我是傘沼，留利繪。」

儘管我說出自己的名字，茂實的聲音聽起來，還是有些詫異與納悶，聲調依舊低沉地說：「是。」我又接著告訴他，我曾經在R大學的管弦樂團裡擔任首席，而且跟蘭花住在一起，多了這些說明，他才終於想起來：「喔喔，對。」

「怎麼了嗎？」

在我原先的預想當中，聽到女友的好朋友打電話來，應該會顯得有些不知所措才是。不過他的聲音很冷靜，反而是在跟他說：「蘭花正在哭。」時，我的聲音有些動搖。

「她從昨天就開始一直哭。……茂實先生，請問你未來對蘭花有什麼打算？就算你是想要分手，也請你好好跟她說清楚。」

「喔喔。……還在哭啊？她在妳旁邊嗎？」

「她現在不在我旁邊！」

蘭花正在房間裡哭，我則是在客廳外的陽台，那裡只有我尖銳的聲音。我轉過頭去，看著我們兩人住的屋子。廚房裡擺著我們倆一起挑、一起買的設計小雜貨，冰箱上則是貼著我們去旅行時拍的照片。照片裡的她，把手放在我的手臂上，露出微笑。雖然長得漂亮，但從不在乎什麼形象，她露出迷人的表情，睜大著眼，開心地耍寶。露出被太陽曬出健康膚色的肩膀，照片中的她，正往我這邊看。

「關於這次的事情，我會再打電話給她。所以沒事的，妳不用擔心。」

這男人說得一派輕鬆，好像蘭花哭成那樣都是假的。「但是」兩個字卡在我的喉嚨裡，沒有說出口。我感覺到他似乎在笑。靜靜地笑著，一副無關緊要的樣子。

「抱歉，還讓妳擔心了。」

茂實這種輕挑、不誠懇的態度，我在猶豫掙扎之後，還是告訴了蘭花。我心想，若將他的滿不在乎，告訴每天哭得死去活來，像是世界要末日一樣的她，也許事情會有所改變也不一定。

不過，實際上並沒有。

「我打電話給茂實先生了。」

蘭花睜大雙眼。

「我問他，蘭花正在哭，為什麼不打電話給妳？」

「星近他怎麼說……？」

蘭花的雙眼，泫然欲泣似地睜大。為了讓慌亂的她可以冷靜下來，我接著說：「他跟我說，他晚一點會再打電話給妳，叫我不用擔心。但是，他講話的口氣非常輕鬆，一副不覺得事情有像妳想得那麼嚴重的樣子耶。」

所以，我現在是想告訴妳，妳現在根本不需要擺出那張擔心的臉。儘管如此，蘭花只說了：「是喔，謝謝。」她的心好像已經不在這裡，站起身來離開飯廳。

雖然我還有話想跟她說，但她就直接出門上班了。

那天的晚上，當吃晚餐時我們再碰到面，蘭花就已經恢復平常的樣子。她看到餐桌上擺著我煮的麻婆茄子和湯，像是什麼都沒發生過似地說：「哇！我最喜歡留利繪煮的辣味料理了。」

對於她鬆了一口氣的樣子，我除了感到憤怒之外，也忍不住問她：「妳跟茂實先生，後來怎麼樣了？」

「今天我打給他之後，你們還有聊過嗎？」

「嗯，聊過了。我決定這個週末去找他。」

聽到她的回答，我無言以對。因為我突然沉默，也許是察覺到我的異樣，蘭花驚訝地叫我：「留利繪？」我接著回她。

我心想：妳就饒了我吧！

「老實說，我真的搞不懂。」

「什麼事情？」

「妳明明這麼聰明，講話也很風趣，為什麼會對他那種人這麼執著啊？……其實，今天早上一跟妳說我打過電話給他，看妳好像打擊很大的樣子，所以我今天一整天都在想這件事。」

「咦？……喔，對不起。」

我不懂，為什麼可以如此不在乎我的感受。

她明明就是個聰明伶利的女孩。

我可是鼓起勇氣，尷尬地幫妳打電話給男朋友，妳卻連句道謝都沒有？

我感到惱火，一面站起身來，假裝要準備餐具。心裡想著，這個人到底有多愚蠢？

難道，只要談戀愛，就可以隨便對待自己的朋友嗎？能夠容許如此膚淺的信仰橫行，我對這個世界感到厭惡。

我一直認為，茂實和室井妻子的關係不可能長久，後來也總算有個了斷。

因為被室井發現了。

那一天，蘭花接到茂實的電話，「不好了！留利繪！」她臉色大變，從自己房間衝了出來，但聲音卻是歡樂的。她的樣子，像是要盡情享受發生在自己身上的大盛事，散發出因為這嚴重的事態，而感到喜悅的氣息，對於這樣的她，我覺得受夠了。

我再次覺得，她真是膚淺。

也不動腦筋想一想，現在也許可以高興，但接下來打算該怎麼辦啊？沒有室井這個後盾，難道還天真地以為，茂實未來還有辦法在日本音樂界混下去嗎？

「還是我出去好了？」

聽說茂實要來，所以我主動這麼說。

茂實至今幾乎沒來過我們家。其實，剛開始和蘭花同住的時候，我就經常在想，如果也找茂實來，我們三個人可以開心地一起吃火鍋，或是吃我和蘭花煮的菜，然後一起聊音樂，那該有多好。但是，茂實這個男友沒有將我的期望加以實現。

我要在半夜一個人去家庭式餐廳，蘭花卻一點擔心的樣子都沒有。「但是很危險」或是「妳一個人出門，這樣好嗎？」都沒說，她很直接地回我：「真的嗎？對不起，真的很對不起。」只是向我道歉。

我出門之後，走在冬夜裡的路上，吐出白色的氣息。我馬上就感到後悔，早知道就戴上手套再出來了。我將快要凍僵的手指，伸進大衣口袋裡。

完全不擔心我碰到色狼，愚蠢的蘭花，只看得到自己眼前的慾望，到底何時才會覺醒？我一個人一邊想，一邊看著腳尖往前走。

她到底什麼時候才要反省呢？

儘管她傷害了自己的好朋友，但那個朋友還是一直陪在她身邊，是否有一天她能夠對這件事有所自覺？

我揉著想睡的眼睛，在家庭式餐廳裡讀書讀到早上，當我回到家裡，在我打開門的瞬間，聽到了講話的聲音。

一瞬間，我以為是茂實還在。但是，其實並非如此。……就某方面來講，是茂實在的話還比較好。

「可是啊，美波。」她的聲音這麼說。是講電話的聲音。

我的胸口，像是有冰冷的針在刺般地疼痛。我眨了眨眼。

我的第一個想法是，妳們還有在聯絡啊？退出管弦樂團，大學畢業，我們開始住在一起後，我們的生活裡，就不再有美波的存在。我當然沒有跟她聯絡，但我以為蘭花也跟我一樣。

蘭花馬上掛掉電話，從房間裡走了出來。

浴室裡飄著濕氣。在我出門前，蘭花身上還穿著剛下班回來的衣服，但現在已經換成了家居服。

茂實雖然已經不在這裡，但屋子裡四處都有茂實的氣息，還殘留著他的香味。而留有最濃厚味道的，就是蘭花。就在剛剛，她跟茂實在這屋子裡上床了。

難以置信的心情不斷湧現。

無論是對茂實，或是因為美波，都一樣。

「妳回來啦。……昨天，真的很抱歉。我沒有想到他會突然過來。」
「那沒關係啦。但是……。」
正在道歉的蘭花，手上還握著手機。
「美波嗎？」我問。蘭花點點頭說：
「嗯，對。」
「妳打電話給她？」
「嗯，畢竟是好朋友，一直以來也都會找她商量這些事。」
我感到頭暈目眩。
好朋友，此刻她是以什麼心情說出這三個字，我實在難以理解。明明我就跟她說過了。明明，我已經跟她說得那麼清楚了。
「有件事，我必須要告訴妳。」
「啊，對不起。」
我並不是希望她向我道歉。我搖搖頭，一鼓作氣地說：
「妳是到最近，才又開始像平常一樣提到美波的名字吧。」
「什麼？」
「終於又開始聽到她的名字了。沒什麼事，只是想說一下。」
「喔……嗯，對不起。」
我的眼睛很乾，光是要一直睜開，都很吃力。

茂實回去了之後，如果要打電話，應該是要打給我，而不是打給美波吧？不是應該打給人在家庭式餐廳的我，告訴我：「他已經回去了，妳趕快回來吧」嗎？

如果要聊，我可以聽妳講啊。

「另外，還有茂實先生的事。我認為，是該分手了。」

我直截了當地告訴了她。

◆

結束研究所碩士課程後，我朝著成為美術館館員的目標努力，這是個被視為窄門難擠的領域，之後也到了剛在六本木蓋好的美術館裡工作。

這間美術館的企劃大多是現代藝術的特展，雖然跟我個人的喜好有些落差，但是自己一直以來的所學，似乎稍微可以派上用場，我也感到很開心。

在一開始參加研修時，被問到「有什麼問題嗎？」的時候，聚集在同一個會議室的人當中，沒有人舉手。其實，我也沒有什麼特別想問的問題，但是考量到前輩如此仔細說明，於是我舉起了手。

「從事這個工作，有沒有什麼煩惱，或是辛苦的事情呢？」

「應該是腳會水腫吧。」

體型胖胖的，年紀較長的館員回答，還引起了些微的笑聲。

「因為開館後，就是一直坐著。但是有時候，才想說又要一直坐著時，卻又得一直站著，所以這個工作是很極端的。」

前輩是個非常開朗的人，大家都笑了，但我沒有。

幸好我是吃不胖的體質。我打從心裡慶幸著，幸好我跟那些會變胖、水腫的人不一樣。

那一年的春季定期演奏會，是我們大學管弦樂團的第七十屆紀念公演。

比往常更加盛大的規模，宛如管弦樂團大型同學會的春季公演，是辦在市民會館的大演奏廳，比往年的場地都來得更大。我也收到了邀請函。

因為我早就知道會收到邀請，所以老實說，我從大約一年前就開始感到憂鬱。會見到不想見到的人，還要回到那個我早已脫離的地方，光想就覺得厭惡，但只要想到如果我沒去，大家會在背後說我什麼，就更讓我難以承受。

我猶豫著到底要不要出席，最後是蘭花來邀我一起去。

「一起去啦！很久沒見到大家了耶。妳只要跟我待在一塊就好啦。」

聽到這番話，我鬆了一口氣。

沒錯，只要跟蘭花在一塊就好了。我這才發現這個理所當然的事實。

蘭花跟我住在一起，而且我們現在還是好朋友，趁著這次，讓大家知道我和蘭花還是感情很好，這樣的大好機會，我也稍微開始感到期待。

而且冷靜想想，我討厭的人，也只有美波一個。

跟其他人之間，並沒有發生什麼事情。貼心的蘭花，在我和美波絕交之後，也會找美波以外的人來我們家吃晚餐，讓我和其他人不至於就此斷了聯繫。

演奏會當天，美波並沒有出現在會場。

在聽學弟妹演奏時，我期待著搞不好美波就不會出現了，但突然聽到其他女生說：「美波說派對的時候她會過來。」讓我大失所望。我連演奏也沒專心聽，一心想著她只會參加派對，就這麼帶著茫然的心情，從演奏廳前往派對的會場。

抵達會場之後，「蘭花。」以前擔任顧問的教授，馬上把站在我身旁的蘭花叫了過去。我聽見他問：「茂實過得好嗎？」我才想起，茂實會來我們樂團擔任指揮，就是因為他的引薦。

另外還有其他人也是只來參加派對，她們一看到我，就抓著我的手，又叫又跳地說：「哇！留利繪，好久不見！」可能因為大家都比我早踏入社會吧，她們臉上的妝都化得比學生時期好，看起來很成熟，這讓我莫名感到有些不好意思。

「嗯，好久不見了。過得好嗎？」

「很好喔！留利繪，妳好適合黑色洋裝喔。」

這件洋裝是特別為了今天，跟蘭花一起去買的，設計雖然很簡單，但看起來很成熟，聽到大家的誇獎，我笑著回應：「是嗎？」當被說：「看起來變成熟了。」時，這種感覺還不錯。

……不過，就在這個時候。

「啊！留利繪。好久不見了！」

一聽到那個聲音的瞬間，我當場僵住。並非刻意誇張，連自己都感到驚訝，原來人一碰到超乎預期的狀況，表情就會變得如此僵硬。

美波就站在那裡。

我全身上下充滿著不情願，就連脖子為了看她而抬起的角度，我好像都能量得出來。儘管她用若無其事的語氣對我打招呼，我還是笑不出來。

「……好久，不見。」

我僵著一張臉，用著斷斷續續的聲音回應。然後垂下目光。

美波的打扮比學生時期端莊，但她是用什麼樣的表情看著我，我不知道。心跳加速，無法克制地狂跳。我流了一身冷汗。

我聽說，她和永田孝輔結婚了。

我不明白，看起來對舞台劇完全不了解的她，究竟是在何種因緣際會下，讓她釣到這條大魚的，即使如此，她現在是導演永田孝輔的妻子。

我和她處於絕交狀態。也從來沒邀請過她來我和蘭花一起住的家。

因此，我從未想過她會主動跟我打招呼。我不禁懷疑，她到底是有多麼的粗線條。她過去，明明就對我做了那麼過分的事情。

搞不好，事情並非我想得那麼嚴重，我也不需要那麼在意她。雖然我無法諒解她這麼不要臉地跟我打招呼，但是我忍不住想要確認，她到底是抱持著何種心態。

在會場裡，我找到美波她們那群人，我假裝不經意地走了過去，混進人群裡。稱讚其他女生的頭髮或衣服「好可愛！」，摸著她們的立體指甲彩繪，說：「亮晶晶的耶！」我還抓著其中一個人的上手臂說：「好軟喔。」她也扭動著身體笑著說：「不要這樣啦！我手臂很粗。」

我開心地和其他人有說有笑，美波大可來跟我打招呼，但到時候要不要忽視她，決定權是在於我。當我為了要確認而融入那群人後，美波卻不再找我講話。她看到現在才過來的蘭花，「啊！好久不見！」兩人彼此招手，開始不知道在聊些什麼。

我心想，她已經不會再找我講話了嗎？儘管朝她的方向看去，也不知道美波是不是刻意，但她就是不把臉轉過來我這邊。

美波結婚之後一樣繼續抽菸，這對於不抽菸的我來講，實在無法理解。不過，從包包裡拿出菸盒，跟其他女生朋友一起到外面抽菸的她，看起來跟以前完全沒變。

對了，妳有看到嗎？

在二樓的廁所，我聽到美波和其他朋友的對話，我心想，這究竟是多麼糟糕的巧合。就在我走進廁所關上門後，她們走了進來。

跟美波在一起的，是誇獎洋裝很適合我的那個女生。

「對了，妳有看到嗎？為什麼她就不能表現得正常一點呢？難得來參加派對，卻做出這麼掃興的事。」

「算了啦，這也沒辦法。」

我期待著她們不是在討論我，但這份期待最終還是落空。

「我跟她說好久不見之後，她竟然這樣耶！『好久，不見』。臉還僵硬成那樣，有夠不自然。」

美波自己重現了當時的情況。「我有看到！妳學得好像喔。」對方附和。

「畢業後都已經過了這麼多年了。」

「不過，真要說起來，美波妳都先拉下臉了。不接受是她自己的問題。妳不用放在心上啦。這種事情，如果對方不想有所改變，妳怎麼做都是白搭啦。」

「……原來對她來講，以前的事情還沒過去啊。」

美波無力地說。接著嘆了一口氣。

「不過還好，我還以為都沒有人發現這件事呢。被她這樣視而不見。我剛剛超慘的啦。」

「怎麼可能沒人發現，她做得那麼明顯耶。」

我並沒有對她視而不見啊。

我明明有好好回她話。雖然我是如此認為，但接下來她對美波說的話，才是真正刺痛我的心。

「不過，妳就原諒她吧。」

說出這句話的人，是她。

「對美波妳來講，覺得掃興、不開心，也只有今天一天而已，而且也不過幾個小時罷了。但是，對她而言，一整天能夠不跟妳計較的時間，可能只有睡覺前的那幾分鐘吧，而且連那幾分鐘到底有沒有，我還很懷疑呢。」

我屏住氣息。

我的腳瞬間失去了知覺。身體感覺離我愈來愈遠，腦中一片空白混沌。

「啊？什麼意思？」美波小聲地叫了出來。「什麼意思啊？我對她做了那麼過分的事嗎？」「因為啊，美波，妳想想妳現在的身分啊。妳可是跟永田孝輔結婚了耶。」「什麼？她喜歡孝輔嗎？」「說是喜歡，或許不是特別針對永田先生，但是她很喜歡戲劇啊。」「什麼意思？我不懂耶。」

「因為，這麼一來，她連書店，還有舞台劇都沒辦法去看了啊。」

她的聲音響亮迴盪。

「畢竟永田先生的報導那麼多，無論去哪個劇場，也都會看到他的傳單或是海報啊。」

「咦！沒有這麼誇張吧。這應該只是因為有朋友跟他結婚了，所以才會注意到的吧？畢竟我在認識孝輔之前，也從來沒看過他的報導耶。」

「的確，也是有這個可能啦⋯⋯。」

她們接下來的對話內容，雖然我還想繼續聽，但我只能繼續坐在原地。

我無法理解。

為什麼我沒有去反駁她們？為什麼沒有走出去揍她們？連自己都無法理解。

就在找到工作，眼前展開了新的世界，明明是如此美好的時期。

我愈來愈常說出「我想得到解放」這句話。

我想得到解放。我想得到解放。

我好想死。

蘭花很貼心。

就像我一直以來為她做的，她用著不太俐落的動作，告訴我：「這是我媽媽的拿手菜喔。」明明她的工作應該也很忙，卻還是幫我做飯，或是從家裡拿一些好吃的點心過來。

雖然蘭花對我這麼好，但這段時間她還是在煩惱茂實的事，搞得比之前更瘦，也變漂亮了。相較之下，我就算食慾不振，體重減輕，看到我凹陷的臉頰和蒼白的臉色，恐怕沒有任何人會覺得我美吧。
其實，我早就發現了。
我很驚訝，去聽演奏會的人當中，除了美波之外，有些人竟然也已經結婚了。而我卻沒有出席她們的婚禮。
某個星期日，蘭花穿著漂亮華麗的洋裝、高跟鞋出門。擺在我們家客廳的空氣清淨機，好像就是在她們續攤時拿到的獎品，這件事我之前或多或少就有察覺到。朋友的婚禮，邀請了蘭花和美波，卻沒有邀請我。明明我才是那一屆的首席。那些朋友選擇了美波，而與我切割。

「老實說……。」
某一次，蘭花一臉正經，說出不像是她會講的話：「我真的很火大。」
「為什麼？」
「每次留利繪妳說，想得到解放，或是想死的時候，雖然我不知道是為什麼，但就是非常火大！」
她很少對我說出這麼強硬的話，我很驚訝地問她：「妳是想說……？」
「妳意思是，叫我要替留下來的人想想嗎？」
我問她的同時，腦中浮現姊姊的臉、蘭花的臉。我心想，她這麼為我擔心，我怎麼都沒有顧慮到她的心情，但是蘭花並沒有點頭。她不發一語，過了一會兒，她說：

「我不知道。」

蘭花看著上方，好像在找適合的字眼。接著她說：

「總之，我希望妳不要再說這種話了。」

「我問妳。」有時候，我好想這麼問。

如果，妳結婚了。

那個時候，妳會讓誰坐在摯友的位子上？

妳會找誰代表摯友致詞？

影片中充滿回憶的照片，會是妳跟誰的照片最多呢？

我光是想像自己坐在很遠的位子上，有另一個人以蘭花的摯友身分上台致詞，我就覺得無法忍受。我大概無法在那種情況繼續坐下去。但我也問不出口。

◆

就是在那陣子，我得知茂實會向蘭花伸手要錢。

愚蠢到因為女人而捅出簍子，工作丟了也不打算工作的茂實，搬到了離我們家兩個車站距離的公寓，和第一次見到他時相比，如今魅力不僅減了大半，還持續寄生在蘭花身上。

蘭花，並沒有把我的話聽進去。

「妳聽我說，留利繪。」她會把跟茂實有關的大大小小事情跟我說，但我聽完之後給她的建議、忠告，她卻好像完全聽不進去。當她帶著激動的表情，情緒高昂地說完自己想說的話後，只要我一開口，她的神情就好像失了魂一樣。

我認為，她是中毒了。

這是一種病。

每次茂實進到蘭花的房間，我總是繃緊著自己的身體，等著他回去。當我在家時，他們當然不至於做出過於親暱的舉動，但某一次，蘭花被茂實賞耳光時，我剛好在場。

我感覺他可能會再繼續打下去，於是我慌張地衝進她的房間說：「蘭花！」

蘭花一臉茫然，睜大了眼看著茂實。

我並不是同性戀。

但對於自己不是男人，我開始感到遺憾。

到底差別在哪裡？不管我怎麼說，說了什麼，蘭花每次還是會被帶回茂實身邊。

既然那麼不情願，結束這一切就能了事，為什麼，蘭花還要跟茂實那種男人睡在一起，我實在不懂。

我沒有想到，她是這麼笨的人。

明明在其他方面，她是那麼的聰明、靈巧。

某一次，我因為身體不舒服，請了半天假回家休息，茂實卻出現了。

雖然之前他會來找蘭花，但我已經很久沒有像這樣跟他面對面，看著他的臉了。在我學生時期擔任首席的演奏會上，記憶中那神采奕奕的容貌姿態，如今竟已衰弱到如此地步，我震驚到說不出話來。

游手好閒、生活不像樣，在故事當中，人若是失去朝氣時，大多是瘦弱的。不過，很可悲地，茂實只是變得狼狽而已。他變得比以前胖，兩頰的肉鬆弛，身材也變形，簡直像是步入中年的人。因為我站在玄關上，甚至覺得茂實的身高跟我也差不了多少。

變得一點也不俊美。

「咦？蘭花呢？」

「不在家。應該還在上班。」

一直以來，我也有察覺，蘭花會趁我不在家時帶他回來。儘管感覺不舒服，但我即使不點破，也能深刻感受到，蘭花自己也不願意這麼做，於是我也不再追究。

因為突然有人來，我以為可能是宅急便之類的人，所以直接穿著家居服就去開門了。因為剛睡醒，我用手壓著有點亂掉的衣領，但茂實似乎對我毫無興趣，只是點點頭說：「喔，是喔。」

見到女友的室友，茂實也沒有好好對我打招呼，就這麼準備離開。我雖然心裡想著，是不是該對他說些什麼，但也只是沉默不語。長久以來，經歷過無數次的徒勞無功，我早已明白即便我現在這麼做，也只是在他們倆愚蠢的熱病上火上加油罷了。

不過，就在這個時候……。

茂實若無其事地轉過頭來。「話說回來……。」這幾乎是他第一次，將目光停留在我的臉上。

「妳們要一起住到什麼時候啊？」他問。

他瞳孔的表面，在顫動。

「妳也差不多該跟蘭花分開住了吧。妳已經找到工作了，不是嗎？」

「你在說什麼啊？幼稚。」

我後來才發現，當下或許應該有其他更好的說詞。但是在那一刻，我就這麼脫口而出。

幼稚。聽到我這句話的茂實，臉色明顯改變。

「妳說我幼稚？」他用著已經失去光芒的眼睛瞪著我。挖苦似地歪著他的嘴，露出不屑的笑容，他看著我。

「到底是誰幼稚啊？一直住在朋友家，簡直就像白吃白住一樣。」

「房租我也有付一半。而且我是因為擔心蘭花，才跟她住在一起的。」

「嗯哼……。」

聽到我認真動怒的口氣，茂實一直盯著我看。明明還只是傍晚，我就從他身上聞到酒臭味，也許他已經有點醉了吧。他說：

「我看妳啊，應該也沒被誰愛過吧。」

我說不出話來。

茂實露出微笑。

「因為沒有人會這樣一心一意地對待妳，所以妳才會把朋友的事情，當成是自己的事一樣那麼認真。喔？妳現在的臉色很難看耶。」

「你這是，什麼意思？」

我的聲音在顫抖。

我希望他馬上改口、收回現在說的話，希望那些話就像從未發生過一樣。不過，茂實只是冷冷地說：「就是字面上的意思。」

「妳自己才幼稚呢。妳也該還給蘭花自由了吧。」

……我告訴自己，這個人，只是想要讓蘭花對自己言聽計從而已。我這樣告訴自己，忍耐著。

因為我現在住在這裡，害他不能隨時賴在女友的家裡。因此，他才說出這種話。我才不會理他呢。

「拜託你跟她分手吧。」

我說。

「你趕快跟蘭花分手吧。因為你，蘭花的父母都覺得很困擾。」

我想，或許我就是最後一道防線。

只要我離開這個家，接下來就都會如茂實所願了。而蘭花，也只會繼續沉淪。

為什麼，我要被這種人說我從來沒被人愛過。

不能讓他這個人，待在蘭花身邊。

即便他跟蘭花之間有未來，但對於今天跟他起爭執的我來講，對他已經沒有好印象了。

儘管蘭花跟別的男人結婚，我也希望我能以朋友的身分，被邀請到那個人和蘭花的家裡去。

在管弦樂團的公開演練時，他幫我安排入場觀賞的座位時，我真的很感謝他。當我聽說，他沒辦法弄到正式演出的門票，反而覺得對我很不好意思時，我甚至覺得他跟我是很親近的。

但是，不能讓茂實待在蘭花身邊。只要這個人……。只要這個人不在……。

我腦中的想法，像毒一般地在身體裡流竄，逐漸侵蝕。「請你回去。」我說。

我把茂實的身體推出門外。

「回去！不要再來了！」

那天晚上，我告訴蘭花茂實來過的事，她又只是一如往常地跟我道歉。

妳必須承認自己其實樂在其中。我這樣告訴她。

「蘭花，妳一點也不可憐。」

為什麼，偏偏是茂實。為什麼最重要的，會是男人？

我雖然沒有男朋友，但我也過得很好。

明明就不需要背負那麼多無謂的事，為什麼大多數的女人，都覺得沒有男人就活不下去了呢？

就跟我一起安安穩穩地生活，難道這樣不好嗎？

為什麼女生朋友，就是比不過一個男人？

「無論我或其他人怎麼反對，妳還是執著於茂實先生，這並不是因為妳人很好，也不是因為妳對茂實先生言聽計從。這一切都是為了妳自己的慾望。儘管妳說妳喜歡他，『喜歡』難道就是全世界最重要的嗎？其實，這一切都是為了妳自己的快樂和慾望。但這同時也在折磨妳身邊的人，妳應該也很清楚吧？」

我所說的話只是白費力氣。

「對不起，對不起。我也知道只要不再喜歡他，就有辦法分手的，但……。」

如此回答的蘭花，我想我拚了命所說的話，大概還是沒有傳達到她的內心吧。

不過，過了一陣子。

有時候，蘭花會突然像是要跟我說些什麼：「留利繪，我……。」

「什麼？」當我轉過頭去，她又會像是在思考似地不發一語，接著才又說：「喔，沒什麼啦。」而且這種情況逐漸增加。

她並非故意要這麼做，蘭花她，只是很徬徨。因為我跟她住在同一個屋簷下，所以我很清楚，她跟茂實講電話的口氣愈來愈激動。有時我不知道他們是在吵架，還是在說些甜言蜜語，但蘭花的講話方式，不再像以往的從容不迫，當我聽見蘭花哭喊似地大聲說：「你也該適可而止了吧！」連身在隔壁房間裡的我，都嚇了一跳。蘭花正在哭。那完全不像是在開玩笑。

我雖然心想，他們或許就快分手了吧，但是他們交往了這麼久，我也無法想像他們兩人分開會是怎樣的情景，心想這種像夢一般的事應該不可能發生，打消心中期待的念頭。

而我會知道蘭花受到茂實卑鄙的威脅，是在過了很久之後。

我本來就知道，蘭花跟茂實，約好那一天要碰面。

「訊息，妳看了嗎？」、「我看了，夠了吧你！」吵架的聲音，我聽得一清二楚。我們待在同一個屋子裡，透過話筒，幾乎可以聽到茂實的聲音，但是蘭花已經筋疲力盡，在我面前，她已經連掩飾的力氣都沒有。

◆

我曾經聽蘭花說過，茂實家附近有座寂靜冷清的天橋。

雖然她很少講茂實的壞話，但是當他搬到現在的公寓後，馬上就帶著她去他家，途中又暗又滿是垃圾。當她提起這件事時，看起來備受打擊。

那一天，他們會選在那種地方碰面，大概是因為如果在任何一方的房間裡，在那種密閉的環境，蘭花又會被他牽著鼻子走吧。從這點來看，蘭花也是痛苦地在努力反抗。

我本來就知道茂實住在哪裡。雖然蘭花不曾告訴過我，但是我因為想勸茂實和蘭花分手，而到他家去，也不只一兩次了。

那一天，在人煙稀少的天橋上，茂實獨自站在那，盯著手機看。在昏暗的夜晚道路上，只有手機畫面的亮光，照亮了他的臉頰、鼻子和眼睛。

蘭花還沒有來。

我裝成路人，從茂實的後方走過。明明時間才接近傍晚而已，茂實的身上就已經傳來陣陣酒臭味。正當我皺起眉頭，我的目光剛好看到茂實正在看的手機畫面。

畫面中是一間紅色的房間。

我睜大了眼。那畫面並沒有放出聲音，只能看到當中有白色的東西在動。心想，如果茂實是在看那種影片的話，那也太令人失望了，但我卻在那成人影片中，看到女人的腰在擺動，那女人美到令人難以置信。

我的身體裡，突然湧現一股熱意和衝擊。影片中的人，是蘭花。

在黑暗中，她的臉拍得很清楚。淫蕩地張著嘴，儘管聲音關掉了，但仍然可以聽到她「啊……」地，從雙唇發出像貓一般的叫聲。

我把臉從剛剛盯著的畫面移開，看著茂實。那個男人的臉上，露出醜陋的笑容。笑咪咪地專注在那畫面當中。

正當我這麼想時，我的手不由自主地動作。

蘭花擔心害怕的東西，就是這個，我終於明白了。

◆

「如果留利繪是男生就好了。」

總覺得在我的耳邊，響起蘭花的聲音。

「如果是這樣，妳真的是我的理想對象呢。」

她低語著。

◆

我急忙跑離茂實跌落的地方。

心臟不停地跳動。快要呼吸不過來。

怎麼辦？怎麼辦？怎麼辦？我一邊思考，走到了天橋下。

走到茂實跌落的地方。

他跌落的聲音很大，但是周遭卻沒有人要衝上來的跡象。我祈禱著不要有任何人聽到聲音，同時感謝今晚夜色昏暗，一面靠近他。

茂實的身體，不斷抽搐。

在他身體下方的，是一起掉落的生鏽金屬欄杆，就壓在他的胸口下，彷彿在他的心臟敲上了木樁固定般，以那一點為軸心，他全身上下不停顫抖搖晃。若是刻意的，那抖動未免也太過激烈，看起來就像是順著水流擺動的海藻一樣。那是就算人刻意也無法辦到的激烈抽搐。

沒什麼燈光的天橋下，躺在地上的茂實，從他的頭流出看起來是黑色的血。儘管在黑暗中，還是看得出來那是血。

他身體的顫抖，突然開始停了下來。漸漸地，就像唱片要停下來時，唱盤停止轉動一樣，他動也不動。

剛剛激烈的動作就像幻覺一樣，他的身體，不再動彈。

我的心臟劇烈跳動。

我腦中雖然想著，這一切將無法挽回，但我的身體自己有所反應。茂實的手中握著手機，從他的指間，垂著好像被扯下來的銀色鍊子。我失去理智地把那些東西拿走。

這個時候，我才發現到，那上頭已經沾濕。

啊……，當我想到要去注意自己的腳下時，一邊別開我的視線，一邊緊張行事。我心想著，動作要快一點，同時看到地上，從茂實的頭流出的血，已經擴散到像個小池子一樣。那灘血，已經流到他的胸口、手臂了。

我只想著，要趕快把東西藏起來。

我把從茂實那搶走的東西，放進自己的口袋裡。我現在穿的外套，也得丟掉了。畢竟，上面可能已經沾到了血。我心裡這麼想，一面急忙地離開現場。

蘭花的影片，也得趕快刪除才行。

◆

我心想，警察不知道何時會來，結果在隔天的晚上，他們就來了。

我掩飾著內心的動搖。那些警察果然是要來詢問蘭花。

我在腦中想像，身為女朋友的她，可能被認定有涉及茂實一死的嫌疑。不過，那我呢？因為只是他女友的女性友人，一定不會有人認為這件事會跟我有關吧。

因為恐懼與內心的不安，使得心狂跳到胸口隱隱作痛，連吸進去的空氣，都像是沒有進到肺裡頭。

警方表示，茂實被人發現，昨晚在他家附近，沿著水道的天橋上跌落下來。今天早上，被人發現了他的遺體。

得知茂實死訊的蘭花，臉瞬間變得蒼白。似乎很難以置信。她像是發不出聲音似地，嘴巴不斷開合。她並非刻意這麼做，而是自然而然地有這樣的舉動。

「是自殺嗎？」

我代替她詢問警察。

我同時祈禱著，希望他們認定就是自殺。

蘭花的臉色很差，好像快要暈倒一樣，因為擔心她，我就陪在她身邊。我把倒了水的杯子，放在她旁邊。接著，緊緊握住蘭花顫抖的手。

刑警並沒有喝我倒的茶，接著回答：

「我們也懷疑可能是自殺，正在進行調查，不過因為天橋不是很高，所以目前很難判斷。畢竟現場並沒有留下遺書，雖然結果是死亡，但若要說是自殺的話，那裡是不是個適合尋死的地方，這又有待商榷。」

蘭花閉上雙眼。我看見她額頭冒出汗來，於是到房間裡頭拿出小毛巾給她。看見蘭花拿小毛巾摀住嘴，刑警也開口說：「抱歉。」

「如同剛剛所說的，那欄杆已經很老舊脆弱了，現在不知道茂實先生是不小心摔下去的，還是他扶著欄杆要跨過去……總之，目前在想可能是有外力造成。還有，也可能是被推下去的。」

「那麼……。」

正當蘭花想要說些什麼的時候，另一位刑警開口說：

「還有一點，我們在茂實先生的身上，找不到他的手機。我聽說他應該是使用智慧型手機的……。」

「智慧型，手機……。」

蘭花的臉色鐵青。

「沒有發現他的手機嗎？」

「在他跌落的現場，還有他家都沒有找到。但因為目前還在搜查當中，也許會在某個地方找到也不一定……請問妳知道可能會在哪裡嗎？」

「我不知道。但是，這到底是為什麼？」

那台存有自己難堪影片的手機。我痛切地感受到她內心的動搖與不安。

我緊緊地握著蘭花的手，因為內心想的事無法傳達給她，我也感到萬般焦急。放心，那個東西我會處理掉，妳不用擔心了。我沒辦法將這些事告訴她，這讓我感到很痛苦。

「有證詞指出，昨天晚上，在那座天橋附近看到像是一男一女的身影。……好像問了讓妳感到不舒服的問題，真的很抱歉。」

我心想，他終於問了。

我又再次緊緊握住蘭花的手。不只是蘭花的手，就連我的手都開始微微發抖，為了掩飾顫抖，我更是用力握緊。

「因為天色昏暗，所以不太確定，但聽說有人遠遠看到疑似茂實先生的身影，還有一名身形比他小的女性。請問那個人是妳嗎？」

「……不是。」

蘭花無力地搖搖頭。

「那是大概，幾點發生的呢？」

「聽說是晚上九點左右聽到他們說話的聲音。但是，推測的死亡時間，是有一段時間範圍的，而且也還不能確定目擊者所看到的，是否就是茂實先生。」

「如果是那個時候的話，蘭花跟我在一起喔。」

我說。

蘭花看著我，而那兩個男人也將視線轉向我。

我不能露出動搖不安的樣子。我接著說：我們倆在一塊。就像是要說給自己聽一樣。因為真的是待在一起，所以根本不需要心虛膽怯。

我沒有看著蘭花，繼續接著說。我努力不讓聲音聽起來生硬、虛假，盡量讓聲音保持自然。我還抓著蘭花的手說：

「昨天，我們在這裡一邊吃飯一邊看電影。」

「妳確定沒有錯嗎？」

「因為是昨天才做的事，我確定沒錯。……對吧？蘭花。」

我這才盯著蘭花的臉看。

蘭花會不會點頭，就是一場賭注了。「拜託！」我內心祈禱著，心臟噗通噗通地跳動，彷彿聽見了耳邊脈搏跳動的聲音，我好想緊緊抱著她。求求妳，理解我為什麼會這麼做。我不發一語地注視著蘭花的眼睛。

我和蘭花四目相接。大概，過不了一秒鐘。

「嗯。」蘭花點點頭。

突然間，我整個人好像要從腳尖開始崩塌一樣。由於過於放心，整個身體好像就要融化，連站都站不起來。

就連握住蘭花的手，也沒了力氣。

兩位刑警面面相覷。接著問蘭花：

「那麼，妳最後一次跟茂實先生見面是什麼時候？」

「大概是，三天……前吧。其實……我們還約好，這個週末要見面的。所以，我真的沒想到會……。」

蘭花將她的手，從我無力的雙手中抽離。

我的雞皮疙瘩都起來了。

「我問你，這都是騙人的吧？」她不知所措地看著刑警。

「是不是他拜託你們來騙我的？因為，我們都已經約好週末要見面了耶！」

此時，為茂實所困而變得更美的蘭花，臉頰上浮現出雞皮疙瘩，久久無法退去。眼淚，也從那美麗的臉上滑落。

「小蘭。」我喊她的名字。

這是我第一次這麼叫她。

從蘭花的口中，悽慘的哭聲一傾而出。她崩潰大哭。

◆

茂實死後，直到蘭花重新振作的這段時間，我一直陪在她身邊。

明明應該是得以解脫了，但她仍舊無法和過去之間，找到一個平衡點，也無法從長久的苦痛當中抽離，這些過程，只有我在她身旁看著。

這一次，沒有美波，也沒有其他樂團的人陪在她身邊。

大家都為了養兒育女、為了自己的生活而忙碌，沒有人可以為了一個女生朋友而付出那麼多時間。真是無情。

如果要說那是因為我跟男友、結婚無緣，或許真的是因為這樣吧，但是，儘管我結婚了，我仍然有自信自己會陪在蘭花的身邊。我總覺得，我會在她身邊，一直當她的支柱。

乙田先生，就是個理想的男朋友。

他其實是蘭花工作上的後輩，但在茂實過世之前，我從來沒有聽蘭花提起過他。突然冒出來的他，就在蘭花用了很多時間，努力從茂實的死中振作起來的過程中，出現在我們面前，而且不出所料地開始和蘭花交往。

他很有禮貌，到我們家裡來時，也會帶上我應該會喜歡的點心。當他到國外出差回來時，除了蘭花的之外，「他說這是給留利繪小姐的。」還會另外準備一份有質感、像是我會喜歡的伴手禮。

如同我過去所嚮往的，他經常來我們家，很親近地叫我「留利繪小姐」，當他因為蘭花的事情找我商量時，還會主動跟我聯絡：「不好意思，可以佔用妳一點時間嗎？」而且，他也不會因為我不在家，就擅自來我們家，跟蘭花上床，也不會趁蘭花不在家時，跑來罵我。

他跟茂實不一樣。

一切都跟茂實不一樣，他很穩重，是個很好的男朋友人選。

蘭花的母親也很喜歡他，全家人和他一起吃飯的次數，似乎也愈來愈多。

茂實這場暴風雨已經離去，一切變得沉穩後，我和蘭花的對話中，也少了戀愛的話題。乙田先生這個男朋友的事情，幾乎不曾提到過。畢竟沒什麼事情好商量的，這也難怪。

「留利繪。」

某一天蘭花告訴我。這時候的我們，對彼此的稱呼已經不再像以前那樣客套。

「我要結婚了。」

她說。

我一直有預感這一天應該不遠，我對她說：「恭喜妳。」

「太好了，真的太好了。」我重複著這句話。雖然我覺得這時候應該還要紅著眼眶，哭著祝福自己的好友，但是，眼淚就是流出不來。

她對我，難道沒有一絲感謝嗎？

因為我內心這麼想，我才發現自己根本沒有在祝福她。

能夠走到今天，走到現在，難道對我沒有一絲感謝嗎？

我可不准妳說，妳沒發現到我一直以來的付出。

乙田先生，是很理想、無可挑剔的男朋友。

「妳也要到我們新家來玩喔。畢竟我想蘭花應該也會覺得很寂寞。」

因為自己的工作、小孩而忙碌的美波，一定沒有我來得了解他，也一定沒有像我跟他一樣那麼熟，雖然我抱持著這樣的優越感，但我想，他一定也會邀請美波她們去他們的新家吧。

「既然是大學時期的朋友的話，那麼留利繪小姐跟美波也是朋友囉？」

乙田先生曾經這麼對我說過，對此，蘭花很稀鬆平常地回答：

「是啊，但是她們感情不好。」

當我聽到這句話，我再次發現自己的內心因此而受傷。可見，乙田先生已經見過美波了。在我不知情的情況下，蘭花介紹他們彼此認識。而且，他稱呼她美波、但卻稱呼我留利繪小姐、。

「妳還說得真直接啊。」

我回話時心想，只要我的聲音聽不出來是在逞強就好，蘭花露出微笑。「因為，真的就是這樣嘛。」從她輕鬆的口氣，我覺得自己已經成為對那種事情可以毫不在乎的大人了，我很努力地裝沒事。

乙田先生和蘭花的部門，只要累積了某種程度的經歷後，男性員工就有可能會被調派到國外，他好像就是因為這樣，才打算在那之前結婚的。接著，一切就像是在等著他們的決定一樣，乙田先生的人事命令下來了。

調派到舊金山五年。

聽說調派的任期先是五年，正確來講到底會是多久，還不清楚。對蘭花的家人而言，自己的女兒因為茂實而搞得傷痕累累，這段記憶仍舊歷歷在目，因此也贊成換個環境。

「我到那邊去之後，記得來找我玩喔。」蘭花對我露出天真無邪的微笑。

所以，蘭花要結婚了。

她會離開跟我一起住的家。

到另一個遙遠的國家去。

蘭花因為茂實而憔悴時，她也沒有回老家去，而是一直跟我住在一起。起初，她的父母親因為擔心，似乎考慮要把她接回家去，但過了一陣子之後，他們對我說：「有留利繪陪著，我們也放心了。」經常來探望女兒狀況的蘭花母親，對我很信賴，我也被邀請去蘭花老家好幾次。我們一直以來都住在一起。

我開始想，她搬出去之後，我是要付兩人份的房租嗎？還是搬走呢？「那這個家要怎麼辦？」蘭花是在告訴我結婚的消息後，才問我這個問題。

跟我分開這件事，好像連個確認都不需要，對蘭花而言似乎很理所當然。

如今回想起來，茂實是一場不會結束的暴風雨。

無論到了何時，都會拖著蘭花，讓她無法前進，讓她對著我發抖哭訴，是永遠不會結束的暴風雨。會讓蘭花被大家勸著趕快分手，孤立無援地在我的屋簷下發抖的暴風雨。

只要暴風雨離去，一切就會邁向終結。

在和煦的太陽下，她緩緩地走向那個無可挑剔的男人。

已經阻止不了她了。

在那之後，我數度感到後悔，後悔當初沒有說出口，彼此確認。

不應該這樣只是靠著默契帶過，而是應該讓她好好感謝我吧？她應該對我表達出更多的感謝吧。

不過，她自己心裡應該也是明白的。

她能夠有現在的自己，有現在的幸福，都是歸功於我。

乙田先生也是，應該更加感謝我才是。

◆

然後，現在……。

蘭花，就坐在乙田先生身旁，露出爽朗的微笑。

她非常的美麗、嬌豔動人。身穿純白的婚紗，露出她窄瘦的肩膀。

我早已等不及，迎接這一天的來臨。

「可以拜託妳，在我的婚禮上代表好友致詞嗎？」當蘭花這麼問我時，我對這世上的一切充滿感謝。

由於太過感激，導致我一時說不出話，慢了一拍才回答她。原以為我可以回得更冷靜一點，但聲音卻糾結在喉嚨。我看著蘭花，同時回答她。

「……如果我不致詞，還有誰可以啊？」

「太好了。那就拜託妳囉。」

蘭花開心地露出微笑。

永遠都不想再見到的美波，我在數年前就已經做好心理準備，在蘭花的婚禮上一定會碰到她。

就這一天，為了自己的好朋友，我非忍耐不可。

雖然我希望，蘭花可以為了我而不邀請她，但這是不可能的。不過，貼心的她為了我，將她們安排在離我很遠的位置。

樂團的人，都是坐在裡面很遠的朋友席。

只有我，是坐在跟主賓一樣的位置，和她公司的同事坐在同一桌。

當天，幾個有出席的樂團同學問我：「留利繪，聽說妳要代表致詞啊？」讓我感到很驕傲。

「但其實我很不擅長這種事啦。」當我如此回答時，內心是很興奮的。

蘭花母親身穿黑色留袖和服，過來跟我說：「留利繪，今天就麻煩妳了。」比起和其他朋友接觸的時候，她對我顯得親近許多。

我希望大家能夠看到我現在的樣子。尤其是美波和她的那些朋友。

這一次，我和美波真的沒有講到任何一句話。我只有遠遠看到她跟別的朋友講話，僅此而已。

我確認了一下，為了今天而寫的草稿確實在包包裡。

我心想，就在今天，一切都可以結束了。

◆

新郎新娘充滿回憶的影片，在微暗的燈光中播放。

在她成長過程中，沒有出現一張茂實的照片，大多是跟我的合照。

她跟樂團同學的回憶，到大學畢業後就中斷了，但是跟我之間的回憶，則是在畢業後仍然繼續延續下去。我們兩人一起過聖誕節，一起去旅行，這些都是我的回憶。

今天結束之後，蘭花就要和他一起到國外生活。

「那麼……。」站在會場前方的女司儀拉高聲音。同時，聚光燈也打在坐在前方舞台上的蘭花臉上。

「接下來，請新娘蘭花小姐向各位介紹，今天將代表新娘友人致詞的來賓。」

「好的。」

蘭花從女儐相手中接過麥克風，拿到嘴邊，露出微笑。頭紗就在唇邊飄動。

她看著桌次距離她很近的我。燈光也打在我的黑色洋裝上。

蘭花站了起來。

「接下來，要跟各位介紹傘沼留利繪小姐。大學畢業後，有四年的時間，我跟她住在一起。無論是開心的時候，或是難過的時候，她總是在身邊陪伴著我，也是我最愛的好朋友。我和她，就像是家人一樣。」

我希望大家，能夠好好看著現在的我。

耀眼的燈光，就打在我的身上。

華麗的會場裡，飄盪著柔和的樂音。那是我喜歡的喬治・比才的小步舞曲。

「如果沒有她陪在我身邊，我想就不會有今天，也不會有現在的我。」

因為要致詞，我緩緩地站了起來。手上拿著印有可愛花樣的信紙，慢慢地。

我走到坐在舞台上的蘭花旁邊。

「留利繪，一直以來，真的很謝謝妳。也謝謝妳答應代表致詞！那麼就麻煩妳了。」

我露出微笑，蘭花的手離開麥克風。取而代之的，是我站到麥克風架前，看著大家，接著低下頭來。

「謝謝新娘的介紹，我是傘沼留利繪。」

我一面說著，一面將手上的信紙打開。目光就落在信紙上的文字。

上頭並沒有提到美波或茂實。是用字平和的致詞稿。

「很抱歉，由於很緊張，所以請容許我看著稿子致詞。」

總覺得在某個遠方，傳來了鳴笛聲。

總覺得門外，傳來急促的腳步聲。

蘭花她……，我開口說。

「蘭花她，對我而言，就像是一股春風。從學生時期開始，我跟她就一直是好朋友。」

唯獨現在這一刻，我想往美波的方向看的慾望，宛如戒斷症狀似地充斥全身，我的視線從紙上移開，突然抬起頭。

儘管她不見得會露出不甘心的樣子，但至少會努力擺出不動聲色的表情，盯著我看吧，這是最後一次，我想跟這樣的她四目相對。

我心裡這麼想，並且抬起頭……，我不禁屏住氣息。

但美波並沒有看著我。她跟她的朋友把臉湊得很近，瞇起眼來，不知道在說些什麼。

像是在說著我最討厭的悄悄話。

從我這個距離，照理講應該聽不見她們說話的，但我覺得我聽到了。

還要照稿唸啊。

美波的左手，一直拿著用餐的叉子。她手上拿著叉子，把臉靠近她身旁的朋友，笑得很開心，接著，她注意到我了。她露出驚慌失措的表情，接著擺出尷尬、曖昧不明的假笑。

她的動作像是在叫我加油，但那都是虛假的。

我聽到的是這個內容。

明明是好朋友的婚禮，連個致詞稿都背不起來嗎？

我並非不看稿子就無法致詞。我緊緊抿起嘴唇，捏起手中的信紙。雙手不由自主地用力。聚光燈的燈光，好熱。我的汗，都要飆了出來。當說到「學生時期」這幾個字時，連聲音都沙啞了。

「學生時期，我們……。」

就在此時。

「不好意思，請不要隨便進去。」我聽見制止的聲音，會場的門前開始騷動，接著很掃興地，門打開了。

燈光灑進了會場裡。

照在我身上的聚光燈，因為變亮的會場而失去光彩。我已經分不清燈光是否還在，是否還打在我身上。

大家都很吃驚。

走進會場的，是穿著西裝的男人。那並非適合參加婚禮的打扮。令人難以忍受的突兀感，使我想要大叫出來。

在那幾個男人裡，我看到當初來到蘭花和我住處的刑警。

上次見面，是在伴隨著緊張與顫抖，不清楚自己是否能掩飾過去，緊要關頭的那一天。在茂實過世的隔天，跟我們交談的那兩張男人的臉，儘管過了兩年，我仍然沒有忘記。

「怎麼回事啊？」我聽見女司儀發出驚嚇的聲音。「等一下，現在是在幹嘛？」還有年長者被嚇得無法動彈的聲音。

「不好意思，請各位不要動。我們是警察。」

其中一個男人，從他那穿舊了的西裝外套內側，拿出警察證件給大家看，我也感受到會場裡，將近百人的賓客都屏住氣息。

我也無法動彈。

我動也不動，看著在我身旁，僵在舞台上的蘭花。

可惡！這是此時的真實心情。

為什麼他們非得現在來不可呢？

我突然將手伸向蘭花。我握著她那塗上白粉、比平常更白的手。我想要就這樣抓著她，一起逃跑算了。

不過，就在此時，聽見了刑警的聲音。他們朝我們靠近。接著他說。

他完全忽視我，直接對著我身旁的蘭花說：

「一瀨蘭花小姐。」

蘭花僵著一張蒼白的臉。美麗的臉龐，連時間也暫停了。好像在過去的某一天，那久久無法退去的雞皮疙瘩，浮現在她的臉上。

「有關茂實星近先生一案，我們有話要問妳。可以請妳跟我們到局裡一趟嗎？」

蘭花正在發抖。我這次是用全身緊緊抱住發抖的蘭花。我感覺到，在一旁的新郎乙田先生睜大了眼，看著他的新娘。就像是要保護她，免於遭受所有驚異的目光，我擒抱似地用全身緊緊抱住自己的好友。

難道就不能再等一下嗎？我在內心詛咒他們，詛咒那些警察。

為什麼不能等到今天結束呢？為什麼不能至少等到我的致詞結束呢？

◆

茂實星近死去的那個夜晚。

我早就知道，那天他跟蘭花約好要見面。

我從她身上，感覺到她因為某件事而極為畏懼，並且受到茂實威脅。無論金錢、身心，一切都遭到茂實啃蝕的她，實際上早已狼狽不堪。不知道是不是被打了，她的美麗臉龐上還出現過瘀青。「這樣我怎麼去上班啊。」如此哭喊的她，現在真的已經無法再像以前一樣從容不迫了。

「訊息，妳看了嗎？」、「我看了，夠了吧你！」吵架的聲音，我聽得一清二楚。我們待在同一個屋子裡，透過話筒，幾乎可以聽到茂實的聲音，但是蘭花已經筋疲力盡，在我面前，她已經連掩飾的力氣都沒有。

我真的希望他能趕快收手，而且擔心蘭花又會再次身陷危險，或是被打，如果發生這種事情，為了能夠隨時出面制止，於是，我也來到了那座天橋。

等待著遲遲不出現的蘭花，茂實用他的手機在看影片。他瞇著眼，笑咪咪地看著她和自己的性愛影片。

我悄悄地從他身後經過，茂實完全專注在看那影片，連我在他身後偷看都沒有發現。

正當我這麼想時，我的手不由自主地動作。

「蘭花……。」我的手，不由自主地摀住自己的嘴巴。從他身後走過。

我的腦中一片混亂，不斷思考著怎樣才能幫上蘭花的忙。

她，是我的春天。

她就像是春天，造訪宛如無盡冬天的我，沒有人愛的我。她將我，稱作是她的好友。

我躲在天橋附近的電線桿後面，彎下身子觀察狀況，最終，蘭花還是出現了。

她看了正盯著手機看的茂實一眼，那張臉蒼白得令人心疼。「夠了吧你！」她說。

「不要在這種地方看！」

爭執，並沒有結束。將她玩弄於鼓掌之間的茂實，像要捏碎蘭花小小的頭似地緊抱著她，「原來妳不喜歡啊？原來妳會覺得丟臉啊？」並且如此問她。「快住手！」蘭花說。儘管在這種時候，茂實還像是要舔舐她臉頰似地，將嘴唇湊了上去，但她用盡全力將他的身體推開。

住手，住手，住手！

不是說好今天是最後一次了嗎？不是說好，只要我給你錢，今天就一切結束了嗎？

我癱軟無力。

我一直以為，自己的好友不斷在恩愛、甜言蜜語中原地打轉，絲毫不想分手，但其實她獨自承受痛苦，拚了命地想從他的手中逃開，可是我卻一直沒有察覺，這個真相一度如洪水般吞噬了我的心。

蘭花……，正當我打算喊她的名字，並且衝上前去。

此時。

被推開的茂實，身體失去了平衡。蘭花也從他胸口逃開。她那在額頭、臉頰上黏著散亂頭髮，小巧通紅的臉蛋，抬起頭來往上看。她繞到失去平衡的男人身後，往他背後衝了過去，接著，雙手一推。

從她的眼神裡，可以看見，堅定的決心。

或許她沒有想過，他會就這麼死了。不過她的瞳孔裡帶著殺機。要將茂實推落的殺機。

天橋的欄杆，彎曲，搖晃。

隨著那微弱的聲音，茂實的身體往下墜。

並沒有慘叫聲。只有聽到茂實的身體，跟著欄杆一起撞擊到地面的聲音。

蘭花摀住耳朵。

那個因為戀愛而盲目的愚蠢女孩，好像以為只要這麼做，一切就會結束了，她摀住耳朵，閉上眼睛，竟然就這麼愚蠢地離開這座天橋。

明明手機裡，還留有她的影片。

而且今天他們倆約在這裡見面的簡訊，也還留在手機裡。

我做好會被別人看見的心理準備，緊張不安地去撿手機。一切都是為了，從那頭部流出血來，抽搐的茂實手中，把東西拿回來。

這都是為了湮滅她在手機裡留下的證據。

茂實的手上，握著沾上血跡的手機和珍珠項鍊。珍珠的表面，就像月球表面的隕石坑一般，出現了小凹洞，那是他送給蘭花的禮物。珍珠的表面，也沾到了血。鍊子也斷了。

◆

「快放手！」我抓住在舞台上被迫站起的蘭花，並且緊緊抱住她。

蘭花僵在那，一動也不動。她顫抖的手伸向我，做了彩繪、有如粉紅貝殼的指甲，陷入我的手臂裡。

「留利繪。」我彷彿聽到蘭花叫我。

不是叫其他人的名字，而是我的。

不過，那些男人很無情地企圖將我和蘭花拉開。他們打算把我們分開後，再將她帶走。我抵抗到最後，並且嘶吼著：「我是共犯！」

「我也是共犯！」

我用盡全身的力氣喊著，但是那些男人完全不理會我。

我是共犯。我真的是共犯。雖然我從未跟蘭花當面確認過，但當我問她：「那天晚上，我們在一塊，對吧？」在蘭花也點頭回應的瞬間，我們就已經定罪了。

若要說蘭花殺了茂實，那其實我也一樣。

所以，拜託，連我也一起帶走吧。

把那條珍珠項鍊放回玄關的人，是我。

不要把小蘭帶走！儘管沒人聽我說話，我依舊不斷重複著。

拜託，我求求你們。我一邊呢喃，一邊想著我自己曾經做過的事。

我曾經祈禱，茂實這場暴風雨永遠都不要結束。

我從他那搶來的手機，還沾滿血，就在昨天，我自己將那支手機交給了警察。

我抱著放棄的心態，希望那支手機上頭還留有蘭花的指紋，或是其他的線索。甚至祈禱著，手機裡蘭花那難堪的樣子會被發現。

另外，我也曾想過，就讓一切順其自然吧。

我曾想過，希望她永遠都去不成國外，無法跟乙田先生一起生活。

就像我隻身孤影一樣，儘管蘭花失去了男友，失去了未來，但只有我不會離開她的身邊。

我曾經如此發誓過。

我回想起所有的事，思考著。

為什麼不讓我致詞完呢？我沉浸在致詞時被奪走聚光燈的悲悽，我哭了。我殷切盼望自己被稱為共犯，並且一直喊著：等一下，不要走！

蘭花的身影離去。

我的手中，還留有剛剛抓著她的觸感。周遭的人都在騷動。乙田先生睜大著雙眼。無法上前去把蘭花追回來。

「傘沼，留利繪小姐？」

剛剛明明完全忽視我，現在卻有另一個刑警叫了我的名字。「是。」我抬起頭來。那是一張嚴肅，我從未見過的臉。他說：

「也可以請妳跟我們到局裡一趟嗎？」

「……好的。」

我點點頭，默默地看著前方。

那些可能正在看著我，取笑我的臉。

我在當中，找尋美波、四宮、三宅、大塚、茂實、蘭花的臉孔。

然後……，我露出微笑。

蘭花，就像是我的春天。

對於住在無盡冬天裡的我來說，她是唯一溫暖、舒適的春天。

本書為未發表之全新創作。

封面插畫　ヒグチユウコ　HIGUCHI YUKO
封面設計　鈴木久美

著者簡介

辻村深月 Mizuki Tsujimura

出生於1980年2月29日。畢業於千葉大學教育學院。2004年以《冷たい校舎の時は止まる》一作榮獲第31屆梅菲斯特賞，之後正式踏入文壇。以《使者》獲得第32屆吉川英治文學新人賞，又以《沒有鑰匙的夢》獲得第147屆直木賞。另外著有中文版著作：《沒有邊框的鏡子》、《島與我們同在》、《今日諸事大吉》、《水底祭典》、《請殺了我》、《太陽坐落之處》；以及日文版著作：《凍りのくじら》、《スロウハイツの神様》、《ゼロ、ハチ、ゼロ、ナナ。》等。

盲目的愛戀與友情

2015年10月1日初版第一刷發行

著　　者　辻村深月
譯　　者　王靖惠
編　　輯　曾羽辰
美術編輯　鄭佳容
發 行 人　齋木祥行
發 行 所　台灣東販股份有限公司
　　　　　<地址>台北市南京東路4段130號2F-1
　　　　　<電話>(02)2577-8878
　　　　　<傳真>(02)2577-8896
　　　　　<網址>http://www.tohan.com.tw
郵撥帳號　1405049-4
新聞局登記字號　局版臺業字第4680號
法律顧問　蕭雄淋律師
總 經 銷　聯合發行股份有限公司
　　　　　<電話>(02)2917-8022
Printed in Taiwan
於國內購買本書者，如遇缺頁或裝訂錯誤，請寄回調換。

國家圖書館出版品預行編目資料

盲目的愛戀與友情 / 辻村深月著；
王靖惠譯. -- 初版. -- 臺北市：臺灣東販,
2015.10
　面；　公分
ISBN 978-986-331-834-7(平裝)

861.57　　104017371